暴走ライオンと愛されウサギ

真船るのあ

白泉社花丸文庫

暴走ライオンと愛されウサギ　もくじ

暴走ライオンと愛されウサギ……5
あとがき……228

イラスト／こうじま奈月《なづき》

『次の停車駅は東京、東京でございます』

新幹線の車内アナウンスに、それまで窓ガラスに張りつくようにして景色を眺《なが》めていた悠《はる》は急いで網棚《あみだな》の上に乗せておいた旅行鞄を降ろした。

いけない、景色に夢中になって危うく乗り過ごすところだった。

ずり落ちかけた眼鏡をかけ直し、あたふたとリュックを背負ってなんとか駅のホームに降り立つ。

「ついに来たなぁ、東京！」

山陰地方から新幹線で、約四時間。

初めての上京に胸を躍《おど》らせ、悠は東京駅に到着した。

彼、河原崎《かわらざき》悠は高校を卒業したての十八歳。

今年の春から都内の大学への進学も決まり、今日は下宿先のアパートの下見や諸々《もろもろ》の手続きにやってきたのだ。

自慢ではないが悠の実家は、単線線路で走る列車が二両編成といったローカル路線しか通っていない山奥で、ぶっちゃけかなりの田舎だ。

今日も心配した母親が一緒についてくると言って聞かなかったのだが、それを押し止《とど》めて一人でやってきた。

これから東京で一人暮らしをするのだ。

自分の住まいくらい、自分でちゃんと決めなければ！

勢い込んでみたはいいものの、まず東京駅の膨大《ぼうだい》な人混みに圧倒され、乗り換え路線乗り場が見つからずうろうろと地下通路を徘徊《はいかい》する。

「あれ……おかしいなぁ」

事前にネットで調べてプリントアウトしてきた東京駅構内図を取り出すが、行き交う人に邪魔にされ、慌《あわ》てて通路の隅《すみ》に寄った。

皆、ものすごく急ぎ足で通り過ぎていくので、東京の人は足が速いんだなぁとどうでもいいことに感心する。

結局見つからないので思い切って近くを通りかかった初老の婦人に聞いてみると、「僕、中学生？　一人で偉いわね」と褒《ほ》められた。

身長百六十五センチ、体重は五十キロあるかないかといった小柄で華奢《きゃしゃ》な身体つきで、その上見事な童顔なのでひどい時はいまだに中学生に間違われる。

曖昧《あいまい》に笑って否定はせず、婦人に礼を言ってようやく目的の乗り場へ移動する途中、悠は地下通路の壁に貼《は》られていたポスターに気付いた。

『ワイルド&セクシー』というキャッチコピーがつけられた、男性用香水のもので一人の青年が全身豹柄《ひょうがら》のスーツに身を包み、写っている。

かなりの長身に、惚《ほ》れ惚《ぼ》れするようなスタイルの良さ。

ややきつめの切れ長の双眸《そうぼう》に、高い鼻梁《びりょう》。

金髪に近い茶色にカラーリングされ、パーマをかけた髪はまるでライオンのたてがみを連想させる。

それを無造作《むぞうさ》に掻《か》き上げるさまはとてつもなくセクシーで、キャッチコピーの通り、しなやかな動きで獲物《えもの》を仕留《しと》める肉食獣を思わせた。

——洸《こう》ちゃん……。

今回上京するにあたり、たった一つの不安材料である彼を見つめ、悠は思わずため息をつく。

と、その時。

数人の女子高生がやってきて、悠の背後で突然悲鳴を上げた。

「やだ、これこんなとこにあったんだ！　どこ行っても剝《は》がされちゃって見つからなかったのに！」

「早く早く、今のうちよ！」

と、彼女たちは悠を押しのけるようにして、その最後の一枚だったポスターを剝がして持ち去ってしまった。

——はぁ……すっごい人気あるんだ、洸ちゃん。もうすっかり東京の人だなぁ。

あの美しい男性モデルが、こんな風に冴《さ》えない田舎者丸出しの自分と、血の繫《つな》がりのある従兄《いとこ》だなんていったい誰が信じるだろう？

あまりにきらびやかな従兄と自分を比較すると、また気分が落ち込んでくる。

いけない、今日はせっかくの晴れの門出《かどで》なのだ。

せめて今くらいは彼のことは考えないようにしよう。

そう気を取り直し、悠は電車に乗り込む。

大学の近くで、すでにネットで目星をつけておいた物件を二、三絞《しぼ》ってあるので、不動産屋に予約を入れて物件を回る約束をしてあるのだ。

またまた地図を片手に、なんとか目的の不動産屋に辿《たど》り着くと、若い男性担当者が車で物件まで案内してくれたのでほっとする。

最初に訪れたのは、大学からほど近い二階建てのアパートだ。

まずは、ぐるりと外観をチェックする。

築《ちく》四十年と少し古いが、その分家賃も安い。

「こちらのお部屋は日当たりがいいんですよ。M大は徒歩圏内ですし、M大の学生さんにはお勧《すす》め物件ですよ」

「そうですか」

「それじゃ、中をご案内しますね」

と、担当者が空室になっている二階の部屋へ案内してくれようとした、その時。

車を停めていた目の前の道路に、黒のバンが急停車し、横付けされる。

そのブレーキの音が大きかったので、悠たちが思わずそちらに注目すると、バンの後部座席のドアが開いた。

車の中から降り立ったのは、長身の青年だった。

シンプルな白いシャツにジーンズと、飾り気のない出《い》で立ちだったが、見る者の目を釘《くぎ》付《づ》けにしてしまうオーラのようなものが発散されていて、目が逸《そ》らせない。

そしてその美貌《びぼう》に見覚えのある悠は、愕然《がくぜん》とその名を呟《つぶや》いた。

「洸ちゃん……」

「よぉ、悠。久しぶりだな」

目の前に立つ彼、河原崎洸熙《こうき》はポスターと同じく綺羅綺羅《きらきら》しい笑顔だったが、悠の背筋を悪寒《おかん》が走る。

まずい。

この凶悪な笑顔は、滅茶苦茶怒っている証拠だ。

お互いオムツをつけていた頃からの付き合いなので、ほかの誰にもわからずとも、悠にはそれがわかるのだ。

「アパートの下見だって？　俺に内緒で、なにしてくれちゃってるのかな？」

ずばり言い当てられ、仰天《ぎょうてん》する。

あれほど必死で隠し通してきたのに、なぜ彼は知っているのだろう？

「な、なんで知って……」

「ふん、俺さまの情報網をナメるなよ。悠の考えてることくらい、お見通しなんだからな」

乗れ、というように洸熙が顎《あご》を心持ち上げてみせる。

逆らえば、どんな目に遭《あ》わされるかわからない。

だが、せっかく案内してもらっておいてここでドタキャンするなんて、と悠は傍《かたわ》らの不動産屋の男性に視線を投げる。

するとそれを察したのか、洸熙が朗《ほが》らかに言った。

「すみませんが、内覧《ないらん》はキャンセルさせてください。彼の部屋は、もう決まっているので」

「……え？」

今、なにか聞き捨てならないことを聞いたような気がしたのだが。

慌てて悠が口を開きかけたが、それより先に不動産屋の男性が洸熙に食いついた。

「あ、あの！　ひょっとして、香水のＣＭに出てる洸《こう》さんですよね？　彼女があなたのすごいファンなんです。サ、サインくださいっ！」

「いいですよ」

あっさり了承《りょうしょう》し、洸熙は彼が差し出したファイルにサインして返した。

「ありがとうございますっ」

サインをもらったことで客を横取りされたことはすっかり相殺《そうさい》されたらしく、担当者は走り去るバンを手を振って見送る始末だ。

一方、なかば強制的に拉致《らち》された悠は、車中でもう生きた心地がしなかった。

——どうしよう……どうしてバレてるんだろ……一族の人にも母さんたちにも、あんなに緘口令《かんこうれい》敷いてたのに！

そう、今日までの悠の努力は、この凶悪な従兄の魔手《ましゅ》から逃《のが》れるために涙なしでは語れないものだったのだ。


悠の実家は、その地方一帯に広大な山林と不動産物件を所有する、昔で言えばいわゆる大地主の家系だ。

河原崎一族といえば明治時代に材木問屋で財をなし、以来巨万の富を有すると地元でその名を知らぬ者はいないほどだ。

現在、総資産額は十数億とも言われているが、悠の家は分家なので詳《くわ》しくは知らない。

一方、洸熙は河原崎一族総本家の三男としてこの世に生まれ、世が世なら地方大名の御殿様でもおかしくない血筋なのだ。

敷地三千坪《つぼ》を誇《ほこ》る、広大な日本庭園つきの屋敷に住む本家一族は、現当主、すなわち洸熙の祖父である河原崎勇山《ゆうざん》を筆頭《ひっとう》に、勇山の長男であり後継ぎである洸熙の父、正臣《まさおみ》、そして正臣の実子である長男の勲《いさお》、次男の祐貴《ゆうき》、三男の洸熙だ。

悠の父、正行は勇山の次男である。

とはいえ、本家の財産は細分化されないよう、ほとんど長子《ちょうし》相続が古くからの慣習なので、分家として独立した悠の家はごく普通のサラリーマン一家だ。

悠には三つ年下の弟、久《ひさし》がおり、証券会社に勤める父とパート勤めをしている母との四人家族で、極《きわ》めて庶民的《しょみんてき》な生活を営《いとな》んでいる。

それでも父たち兄弟の仲が良く、家もごく近所にあったので、悠は幼い頃からよく本家に出入りしていた。

年上の勲や祐貴にもよく遊んでもらったが、やはり一番一緒にいたのは学年も二つ違いでもっとも年が近い洸熙だった。

子供の頃から身体が大きかった洸熙は、当時からいわゆるガキ大将的存在で、近所の子供たちのリーダーだった。

反面、身体が小さく大人しい悠は、活発な従兄についていくのが精一杯で、いつもちょこちょこと彼の後を追っていた。

五歳頃までは、活発ではあってもさほど手のつけられない子供ではなかった洸熙が急に乱暴になったのは、彼の母親が家を出てからのことだ。

長男の勲、祐貴は病死した前妻の子供で、洸熙だけは正臣が後添《あとぞ》えにもらった後妻の産んだ腹違いの兄弟だった。

だが、再婚して約七年。

旧家の固苦しいしきたりに耐えられなかったのか、母親は洸熙を残し、一人で家を出て行った。

当時子供だった悠には、そうした大人の事情はよくわからなかったが、洸熙がやり場のない怒りを抱え、近所の子供たちと殴り合いのケンカをするのを止めようとして、ただおろおろするばかりだった。

母親が出て行った一件の後から、洸熙の素行《そこう》は荒れ、もともと厳格だった祖父の逆鱗《げきりん》に触《ふ》れることが多くなった。

言うことを聞かない洸熙を杖《つえ》で叩くのは日常茶飯事で、しばしば家から閉め出された彼はよく悠の部屋に忍び込んできたものだ。

あの怖いお祖父さんに叱られても、まったく応える様子のない洸熙の図太さに、悠はいつも感心するばかりだった。

この頃から、洸熙はいつも悠を連れて歩きたがるようになった。

『おまえは俺のだからな。ずっとそばにいるって約束しろ』

半《なか》ば脅迫するようなその言葉に、気の弱い悠はただ頷《うなず》くことしかできなかった。

洸熙にとって、年下の従兄である自分は家来として連れて歩くのにちょうどよかったのだろう。

小学生の頃は、自分よりケンカも強く頭も切れる洸熙のことをただ尊敬の眼差《まなざ》しで見ていた悠だったが、中学に上がる頃になると、彼と一緒にいて比較されることにだんだんコンプレックスを感じるようになった。

長身で見栄《みば》えがし、頭もいい洸熙はいつのまにかただのガキ大将から中学ではアイドル的存在となり、女子生徒たちからいつも黄色い歓声を受けていた。

当時から視力が悪く、眼鏡を手放せなかった悠は、勉強のできる優等生ではあったものの、自身のひ弱さと貧弱な体格に常に引け目を感じていて、洸熙のそばにいることがだんだんと苦痛になっていたのだ。

そんな中、中学を卒業する頃には本家の祖父と洸熙の仲はますます険悪になり、洸熙は突然、東京の高校に進学すると言い出した。

街で受けたスカウトがきっかけで、芸能人が多く通う学園への入学を勝手に決めてきた洸熙に、当然祖父は激怒し、二度とこの家の敷居《しきい》を跨《また》ぐなと申し渡した。

ほとんど家出同然で、わずか十五歳で上京してしまった洸熙だったが、突然置いていかれたような疎外感《そがいかん》を感じつつも、悠は内心ほっとしていた。

これでもう、彼と比較されずに済むと思ったからだ。

俺の家来だからそばにいろ、と勝手に決め付けていたくせに、あっさり自分を置いて行ってしまった彼に、あいかわらず勝手だなぁとは思ったが。

その後の彼の近況は、時折《ときおり》かかってくる彼からの電話でぽつぽつと聞かされる程度だったが、学業の傍らにモデルネーム『洸《こう》』と名乗り、芸能活動を始めた洸熙は、その恵まれた容姿でめきめきと頭角《とうかく》を現し、活躍するようになったらしい。

最近ではテレビCMにまで登場するほどで、悠の想像以上に有名人になり、なんだかますます遠い存在になってしまったような気がした。

そうして月日は流れ、悠も地元の高校を卒業し、いよいよ大学進学する時期になった。

『悠、おまえ東京の大学受験したいって言ってたよな？　合格したら俺のとこから通えばいい』

突然、そんな電話をもらい、悠は内心慌てた。

洸熙と一緒に暮らすなんて、冗談ではない。

また子供の頃の、ご主人さまと家来の関係で自分がこき使われるに決まっている。

なので、本当は受験する大学も決めていたのに、とっさに『もう地元の大学に進学することに決めたんだ』と嘘をついてしまった。

いったん嘘をついてしまったのだから、後はバレないよう死守しなければならない。

悠は両親に、本家の人間には絶対に自分が東京の大学に進学することは言わないようにと口止めした。

後は秘密裏《ひみつり》に、コトを進めるだけだ。

ここまでくれば、もう安心とばかりに、意気揚々《いきようよう》と上京した悠だったが、なぜ洸熙にすべてがバレていたのか、まるでわからなかった。


いったい、これからどうなってしまうのか。

バンの中、ぷるぷると生まれたての小兎《こうさぎ》のごとく恐怖に震えていた悠だったが、連れて行かれた先は麻布《あざぶ》にあるマンションだった。

エントランスには二十四時間対応のフロントがあるような、超高級マンションだ。

――わぁ……すごいマンション。

セキュリティも厳重そうで、オートロックのエントランスを通過するにも、エレベーターに乗るにもカードキーがないと入れないシステムだ。

気になるのはバンを運転していた男性で、スーツ姿の彼はまるで悠を逃がさないようにするかのように部屋まで同行している。

こうして三人でエレベーターに乗り込むと、洸熙は二十階で降り、そのうちの一室に入った。

「ここが俺の部屋だ」

「わぁ……」

玄関から廊下を進み、まず最初に案内されたリビングの広さに、悠は言葉を失った。

おそらくは百平米以上はある、３ＳＬＤＫ。

都心一等地でこの広さでは、家賃は数十万はするのではないか。

二十歳になったばかりの青年が住むには、贅沢《ぜいたく》すぎる部屋だ。

二十畳近くあるリビングは黒の家具で統一され、インテリアのセンスもいい。

「す、素敵な部屋だね」

思わず機嫌を取るように話しかけたが、洸熙はそれには答えず、目の前にあったソファーにどっかと腰掛けた。

そして長い足を組み、斜め下四十五度の角度で悠を見下ろす。

「で？　俺に嘘ついて上京した理由を、詳しく聞かせてもらおうか」

「そ、それは……」

座れ、と顎で向かいのソファーを指し示され、悠はちょこんと正座する。

洸熙の前だと、つい反射的に正座をしてしまう悲しい習性だった。

「だって……ほら、洸ちゃん仕事で忙しいしさ、迷惑かけるのもあれかな、な～んて思ったりして」

わざと明るく言ってごまかそうとするが、洸煕の不機嫌全開オーラは消えない。

「あんなに仲良かった従兄に黙ってるなんて、水臭いだろ」

「う、うん……」

仲がいい、というより、悠自身には洸煕の家来だったという記憶の方が鮮明なので返事に困る。

「それに悠が上京するから、二人で住めるように広い部屋に引っ越しして、こっちは準備万端《ばんたん》で待ってたんだぞ」

「え……僕のために引っ越したの⁉」

予想だにしていなかった言葉に、悠は仰天した。

「当然だ。ほら、来いよ。ここが悠の部屋だ」

と、半ば強引に腕を摑《つか》まれ、奥の部屋へと連れ込まれる。

そこは日辺りの良い、南向きの部屋だった。

すでに勉強机に椅子、ベッドなどの家具が配置されていたが、いずれも購入したばかりの新品のようだ。

「部屋のインテリアは、俺のセンスで決めといたから」

至極《しごく》当然のごとく、洸熙が告げる。

「え……？　え……？」

どこから突っ込みを入れていいかわからず、悠は言葉がなかなか出てこない。

なぜ上京を内緒にしていた段階で、いつのまにかここに住むことになっているのか？

自分に確認もせずに家具まで買っているのか？

さらに、悠は怖ろしい事実に気が付いた。

実家で上京用に梱包《こんぽう》し、いつでも発送できるようにしておいた荷物の一部が、なぜかこの部屋の隅に積み上げられていたのだ。

「あ、あれって……僕の……」

震える指で指し示すと。

「ああ、おまえのおふくろさんに頼んで送ってもらったんだ。どうせ送るなら、早い方がいいだろ？」

と、洸熙はさも『俺って気が利《き》くよな』と自画自賛している様子だ。

「ほかにも足りないものがあったら、なんでも言え。俺がぜんぶ揃《そろ》えてやるからな」

「ちょ、ちょっと待って……」

悠はようやく我《われ》に返り、最大の疑問を口にする。

「あの……どうして僕、ここに住むことになってるの……？」

「はぁ？　そんなの決まってるだろ。俺がおまえと一緒に暮らしたいからだ」

「………」

その返答に、返す言葉もない。

――なんて横暴なんだ……洸ちゃんってば、相変わらず超弩級《ちょうどきゅう》の暴君だよ……！

当初から自分の意志などまるで考慮されていない状況に、悠は頭を抱えた。

と、そこへさきほど車を運転していた男性が廊下から声をかけてくる。

「洸熙さん、時間押してるんでもう出ないと」

「ああ、わかった。悠、この人は俺のマネージャーの林《はやし》さんだ。これからうちによく出入りするからよろしくな」

「は、初めまして。悠です」

挨拶《あいさつ》している場合か、と思いつつも、律儀《りちぎ》な悠はつい自己紹介してしまう。

「こちらこそ、よろしくお願いします。林です……あの、これって誘拐《ゆうかい》じゃないですよね？」

「は？」

「洸熙さんが、あなたを迎えに行かないと次の仕事に行かないって言い張るので、しかたなく同行したんですけど」

まだ二十四、五歳の林は、見るからに気が弱そうでおどおどしている。

この年齢では、マネージャーとしてはまだ新米なのだろう。

どうやら悠が抵抗しているのを見て、もしや拉致監禁なのではと青くなっていたようだ。

「はぁ？　なに言ってんだ。そんなわけないだろうが。なぁ、悠？」

「………そうだね」

本当は反論したい気持ちで一杯だったが、林が気の毒でなにも言えなかった。

その返事に安堵《あんど》した様子の林に急《せ》きたてられ、玄関に向かった洸熙が手招きする。

「そうだ。悠、これ持っとけ」

「……？」

片手を差し出され、手のひらに乗せられたのは鍵だった。

おそらくはこの部屋の合鍵なのだろう。

「これはもうおまえのものだぞ。嬉しいか？」

「………うん」

頷く以外の返事をしたら暴れられそうで、悠はそうするしかすべがなく、仕事に出かける彼を見送る。

こうしていきなり連れ込まれた部屋に一人取り残された悠は、さっそく携帯電話を取り出して実家の母親に電話を入れた。

「もしもし、母さん？　これいったいどういうこと？　なんで僕、洸ちゃんと同居することになってんの？」

『ごめんね、悠。だってぇ、本家の正臣さんに頼まれたんだもの。母さん嫌って言えなかったのよ』

正臣とは、洸熙の父だ。

厳格な祖父とは違い、ことのほか末っ子の洸熙を可愛がっていて、彼の芸能活動に関しても反対はしていない。

いや、というよりむしろ全面的に応援していて、息子のファンクラブにまで入っているらしい。

――やられた……！　洸ちゃんってば伯父《おじ》さんを味方につけたな。

田舎では、本家は絶大な権力と発言力を持つものだ。

ご多分に漏《も》れず、悠の母も本家筋からの頼まれごとを断れない。

そうした事情を知っていたくせに、本家の権威を甘く見ていた自分の失態だった。

『洸熙くんから電話があって、都会で悠を一人暮らしさせるなんて危ない、自分のところに住めば家賃もかからないし、責任持って面倒見るからって。洸熙くん、早くから働いているせいか大人になったわねぇ。しっかりしていて、これなら悠を任せても安心だわって思ったわ。正臣さんもね、洸熙くんを一人にしておくより悠がいてくれれば安心だって言うし、母さんもそれもそうかしら～と思って』

と、母は洸熙との同居に前向きだ。

この分では正臣と洸熙に代わる代わる説得、もとい洗脳されたのだろう。

なによりサラリーマン家庭としては、家賃がゼロというのが一番の魅力的提案だ。

両親の経済状況を知っているだけに、悠はそれ以上怒れなかったが、あまりの不意打ちに大人しい悠もさすがに腹に据《す》えかねる。

「だからって、今まで内緒にしとくなんて」

『洸熙くんがサプライズにしたいから、絶対内緒にしておいてくれって言うんですもの。それに悠、子供の頃高熱出したこともあったし、母さんも実は一人暮らしさせるのは心配だったのよ』

「……それ、小学生の頃の話なんだけど。今さら持ち出さないでよ」

自分でも忘れたい恥ずかしい過去を持ち出され、悠はさらにむくれる。

悠が洸熙と一緒に、裏山の井戸用に掘った穴に誤って落ち、一晩そこで過ごす羽目《はめ》になったのは、確か十歳の頃のことだ。

季節は夏の終わりだったが運の悪いことに大雨が降り、震えるほど寒かったことだけはよく憶えている。

このままここから出られないのではないか、とよほど怖い思いをしたらしく、翌朝大人たちに助け出された直後に悠は高熱を出し、倒れた。

三日三晩うなされ続け、ようやく熱が下がった時にはなにがあったのかよく憶えておらず、当時の記憶は曖昧《あいまい》だ。

ただ、洸熙が一緒だったので、思えばあの事件からますます洸熙が苦手になったような気がする。

ちなみに同じ目に遭った洸熙は、怪我はしていたものの熱を出すこともなく、けろりとしていた。

こういうところでも、洸熙と比べて己《おのれ》のひ弱さと生命力のなさを痛感してしまう。

だが、あの事件で両親がひどく心配し、しばらくうるさいほど過保護だったことを思い出し、それ以上はなにも言えなくなってしまった。

『そういうわけだから、残りの荷物は洸くんの家に送っておくから』

「え？　入学式前までは、そっちにいるつもりだったんだけど」

今回はアパートを決めるための下見だったので、一度故郷に戻るつもりだった悠は母の発言にさらに仰天した。

『どうせすぐまた上京するんだし、そのままそっちで早く東京の環境に慣れた方がいいわよ。ああ、洸くんと仲良くするのよ？　本家と揉《も》め事になるようなことは母さん御免《ごめん》ですからね。頼んだわよ？』

と言いたいことだけ言うと、母はさっさと電話を切ってしまった。

「そんなぁ……」

悠は今日の出来事を振り返った。

東京駅に着くまでは、すべてが順調だった。

思えば駅構内で洸煕のポスターを見た瞬間から、この悪夢は始まっていたのかもしれない。

――――どうしよう……。

これからまたずっと洸煕のパシリ人生なんて、あんまり悲し過ぎるではないか。

地元を離れ、今までの自分を誰も知らない東京で大学生活を始めることは、悠にとってはちょっとした冒険だった。

もしかしたら、今までの地味でダサめの自分が生まれ変わってイケメンに変身し、ものすごく幸運なことに好きになってくれる女の子との出会いがあって……などと果てしなく妄想《もうそう》を広げたことも一度や二度ではない。

なのになのに、洸煕に捕まったら最後、それらすべてが文字通りただの妄想で終わってしまうのだ。

なぜなら彼と一緒にいると、女の子は皆洸煕を好きになってしまうから。

――――そんなの、絶対嫌だ……！

なんとかして、あの暴君の魔の手から逃《のが》れなければ。

でなければ子供時代のように、唯々諾々《いいだくだく》とした家来生活が待っている。

一人、うんうん唸《うな》りながら悩むが、そうすぐに名案が浮かんでくるはずもない。

とりあえず気分を落ち着かせるために、悠はもう一度与えられた部屋へ向かった。

さっきは荷物に気を取られて気が付かなかったが、室内にはあちこちに洸熙のポスターが貼られている。

「……なにこれ」

長い付き合いだが、彼は自分の写真を部屋に飾るようなナルシストではなかったはずなんだけど、と首を傾《かし》げる。

あちこちから洸熙に見張られているようで、非常に居心地が悪く落ち着かない。

だが、剝がしたいなどと言ったら彼の機嫌を損《そこ》ねるので言えるはずもなかった。

本当に、自分はここに住むことになってしまうのだろうか？

自分の荷物の山を前に、往生際《おうじょうぎわ》悪くそんなことをぐずぐずと考えながら悠は途方《とほう》に暮れるしかなかった。

◇　◇　◇

こうして、まさに悠にとっては青天《せいてん》の霹靂《へきれき》、急転直下の展開によって洸熙との同居は決定されてしまった。

幸いなことに、この時期は洸熙もモデルの仕事が忙しいらしく朝早く出かけ、深夜近くに帰宅する生活だったのでほとんど顔を合わせることもなかった。

そのうちに悠も大学の入学式を迎え、しばらくはその準備や新しい環境に慣れるのに精一杯であまり余計なことを考えずに済んだので、表面上は平穏《へいおん》な日々が過ぎていった。

この調子でほとんど顔を合わせることもないなら、同居もなんとかやっていけるかもしれない。

そんな楽観的希望を抱《いだ》きかけた頃。

朝、悠がパジャマ姿のまま眠い目を擦《こす》りながらダイニングに向かうと、珍しく洸熙とばったり鉢合《はちあ》わせになった。

「おう、起きたか」

「こ、洸ちゃん……まだ出かけてなかったんだ」

いないものと思い込み、すっかり気を抜いていた悠は慌てて表情を取り繕《つくろ》う。

「今出るとこ。悠が来たばっかなのに、しばらくばたついててごめんな」

「う、ううん、僕も入学準備で忙しかったし、ぜんぜん平気だから」

このままいっそ、永久に一人でも大丈夫、と心の中でだけ付け加える。

「そうだ、久しぶりに悠の炒飯《チャーハン》食いたいな。今日は九時頃には帰れるから、一緒に夕飯食おうな」

「…………うん」

とても嫌だと言い出せる雰囲気ではなく、頷くしかない。

なんとか笑顔で彼を見送ると、悠はため息をついた。

今日までは特に家事を頼まれることもなかったが、一応居候《いそうろう》させてもらっているので悠は自発的に掃除や洗濯だけはやっていた。

自分の分だけというのも感じが悪いので、もちろん洸熙の分もだ。

多忙《たぼう》な洸熙は朝食は摂《と》らず、ほぼ外食なので料理は作らずに済んでいたのだが、これからはこうやって頼まれるんだろうなと思うと、今後の下僕《げぼく》生活を暗示しているようで気分が落ち込む。

だが、拒否することなどむろんできないので、悠は授業を終えた帰りに近所のスーパーに立ち寄って必要な食材を買い揃えて戻った。

これは、罠《わな》だ。

洸熙の仕掛けた、壮大《そうだい》な罠だ。

嘘をついて彼を避《さ》けようとした自分に腹を立て、そばに置いて昔のように家来としてこき使う気に違いない。

暗澹《あんたん》たる気分のまま、それでも生来《せいらい》生真面目な悠は頼まれたことはやらずにおられず、やむなくキッチンへ向かった。

高級マンションらしく、食器洗浄機や最新型オーブンレンジなど設備は充実している。

巨大冷蔵庫を開けて中身を確認するが、中にはミネラルウオーターなどのドリンク類やチョコレート、それにチーズくらいしか入っていなくて、ほぼ空《から》っぽだ。

悠も引っ越し後の荷解きやら入学式のどたばたと忙しさにかまけ、ついつい面倒でコンビニ弁当や買い弁が多かったので、これからはちゃんと自炊《じすい》しなければいけないなと反省する。

とりあえず、玉ねぎや焼き豚を一心不乱に包丁で刻みながら、料理に没頭《ぼっとう》した。

手早く炒《いた》めた具材に溶いた卵と炊《た》いた白米を投入し、フライパンであおる。

最後にレタスを入れるのが、シャキシャキの歯ごたえを残すポイントだ。

——なにやってんだろ、僕……。

いやいや作っているはずなのに、つい完璧に仕上げてしまった自分の優等生ぶりに落ち込みはさらにひどくなった。

作った炒飯にラップをかけ、無事任務を果たすと、いつのまにか時計の針は八時を回っていた。

と、そこへ玄関のインターフォンが鳴る。

予定より早いが洸熙だろうか、と思いつつ、悠はインターフォンを取った。

「……はい」

『ただいま、悠。俺だ』

訪問者は、やはり洸熙だった。

合鍵を持っているのだから、それでさっさと入ってくればいいのになぁ、などと冷たいことを考えていると。

『お帰りって言ってくれ』

インターフォン越しに、突然そんな要求をされる。

「え……お、お帰り」

『おお！　今そっちに行くからな！』

と、妙に高いテンションで叫ばれ、インターフォンが切れた。

やっぱり彼の考えることはよくわからないと思いつつ、悠は中から鍵を開けてやった。

ってやる。

顔を合わせると、期待に満ち満ちた視線を送られ、しかたなくもう一度『お帰り』と言
「今日は超特急で撮影終わらせて帰ってきた」

べつにそんなに急がなくてもいいのに、と悠はローテンションで考えた。

なぜだか知らないが、洸熙はやけに上機嫌だ。

「ごはん、食べるんでしょ？　手洗ってね」

「ああ」

いったいなにがそんなに嬉しいのだろう、と不思議に思いつつも、用意しておいた食事を出すと、素直に洗面所で手を洗ってきた洸熙は大喜びで食べ始めた。

「これこれ、悠の炒飯だ。懐かしいな。昔もよく作ってくれたよな」

「……そうだね」

両親が共働きだったので、弟のおやつにときどき作ってやっていたのだが、頻繁《ひんぱん》に家に入りびたっていた洸熙の方がそれを気に入り、作ってくれとせがむのでしかたなく作ってやっていたのを思い出す。

決して彼のために作ったわけではないのだが、いつものように洸熙の中では自分の都合のいいように脳内変換されているらしい。

多めに作っておいた炒飯を、洸熙はうまいうまいとお代わりし、綺麗に平らげた。

「はぁ、すごいうまかった。ご馳走さま、また作って」

「……うん」

無邪気に喜ぶ顔を見ていると、よく懐《なつ》いた猛犬のようでちょっと可愛いかな、という気分にもなるのだが、これから大学を卒業するまでの四年間、ずっとここで暮らさなければいけないのかと思うと気が重い。

夕食を終え、食器をシンクに下げていると、洸熙がやってくる。

「悠、こっち来いよ」

「今、片付けてるから」

と、初めて使う食器洗浄機の取扱説明書と睨《にら》めっこをしていると、脇からそれを取り上げられてしまった。

「そんなの俺がやるから、いいから来いってば」

と、強引に腕を掴まれ、リビングへと連れ戻される。

テレビ前の大型ソファーに座らされると、隣に洸熙が座ってきた。

ソファーの背もたれに腕を回し、ぐっと接近してくる。

この体勢では、まるで恋人同士の語らいのようだ。

「……ちょっと、近いんだけど」

「そうか？」

なにかが、おかしい。

いくら鈍《にぶ》い悠でも、さすがにこの雰囲気には気付く。

いったい、洸熙はなにを考えているのだろう？

訝《いぶか》しみながらソファーの隅に身を寄せるが、退いた分だけまた洸熙が間合いを詰めてきた。

「……だから狭いってば」

「悠こそ、なんで逃げるんだよ。もっとこっちに来い」

と、今度はいきなりソファーの上で抱き締められた。

「ひゃ……っ！」

あまりに唐突だったのでおかしな悲鳴を上げているうちに、大きな手で頭をぐしゃぐしゃと掻《か》き回される。

「悠はもう、なにも心配しなくていいからな。これからはずっと俺が一緒だ。俺が守ってやるからな」

「……はぁ？」

守るって、なにから？　と聞きたかったが、口を差し挟む暇《ひま》もなくご機嫌の洸熙は一人で喋り続ける。

「俺も、おまえと暮らすためにこれでも真面目に仕事してきたんだぜ？　自活するには、

なによりまず金だ。うちの親父や祖父さんたちの仕送りで食わせてもらうなんて、まっぴらだからな。だが、もう俺もそこそこ稼ぐし、悠の一人や二人簡単に養《やしな》ってやれるから安心しろ」

「……あの、ちょっと質問なんだけど」

もはや我慢できず、悠は両手で彼を押しのけた。

「どうして僕が洸ちゃんに養われるってことになってるの？」

「どうしてって、俺の嫁になるってのはそういうことだろ」

「…………嫁？」

今、嫁と聞こえたが、聞き間違いだったのだろうか？

しばらく悩んだ末、悠は再び口を開く。

「嫁って、誰が？　誰の？」

すると洸熙は、呆《あき》れたような顔をした。

「バカだな、悠が俺の嫁になるのに決まってるだろ」

「…………」

念のため確認し、悠は再び沈黙を余議なくされる。

そして。

――洸ちゃんってば、なにか悪いものでも食べたのかなぁ？

と、従兄の頭を本気で心配した。

そんな憐《あわ》れみの視線を感じたのだろうか、洸熙が目を眇《すが》める。

「ひょっとして、俺との約束忘れたのか？」

「約束？」

「おまえ、将来俺のお嫁さんになるって誓っただろ？」

「…………はい？」

悪いが、まったく記憶にない。

百歩譲《ゆず》って仮に言ったとしても、どうせいつものように洸熙に無理やり言わされたに違いないと悠は思った。

「あのね、わかってるとは思うけど、僕男だよ？」

「そうだ。なに当たり前のこと言ってんだ？」

と、まるでこちらが非常識のような顔をされてしまう。

――駄目だ、洸ちゃんには常識が通用しない……！

昔から人の話を聞かない性格ではあったが、それが輪をかけてひどくなっている。

彼の頭の中には、すでに自分との『新婚生活』が明確に描かれてしまっているようだ。

事態はさらに悪化の一途《いっと》を辿っている。

単なる同居より、嫁にされる方がもっと悲惨だ。

これはなんとかしなければ、と悠は彼の機嫌を損ねないようにおずおずと説得を試みる。

「そ、そんなの、子供の頃の話だしさ……っていうか洸ちゃん、僕のこと好きなの……？」

と、肝心なことを確認すると、洸熙はなにを今さらという顔をした。

「おまえだって、俺のこと好きだろう？」

「…………」

言えない、ずっと家来にされてると思ってましたなんて。

返事のしようがなく、悠は沈黙する。

しかしこの、揺るぎない自信はいったいどこから来るのだろう？

洸熙は自分に好かれていると信じて疑わないようだが、そんなに好き好き大好きとふるまった記憶は微塵《みじん》もない。

いったいどこをどう都合よく解釈すれば、そうなるのだろうか？

子供の頃から、悠にとって彼は、人類というよりはむしろ猛獣の部類に分類されるイキモノだった。

暴力をふるわれたことはないけれど、ひとたび機嫌を損ねれば自分も近所の悪ガキのごとくいつボコボコにされるかわからない。

常に薄氷《はくひょう》を踏むような思いで、そばにいたような気がする。

今までの思い出を辿っても、自分たちの間にそんな甘い感情が芽生えた過程は思い当たらなかった。

だが、洸熙の一方的な告白は続く。

「自慢じゃないが、今までいろんな女にコナかけられたが断って、悠のために俺の童貞とっといたんだぞ。ありがたく思え」

胸を張って言われ、驚愕《きょうがく》の事実に言葉を失う。

——えええっ!? こんなにかっこよくてモテるのに、洸ちゃんまだ童貞だったんだ!

それも驚きだったが、今問題なのはそこではない。

なぜそのことで、自分が恩着せがましく言われなければならないのか?

——ありがたく思えって、別にありがたくもなんともないんだけど。

むしろ、迷惑なんだけど。

内心そう思うが、当然ながら口に出す勇気はない。

「悠も初めてなんだから、当然の礼儀だよな」

などと、敵は一人上機嫌だ。

洸熙が、当然のように自分が童貞だと思っていることにややむかついた。

まぁ、確かにその通りなのだが、人は事実を指摘されると腹を立てる生き物なのだ。

「さぁ、やるか!」

いきなり立ち上がった洸熙は、悠の二の腕を摑んで歩き出す。

ほとんど引きずられる勢いで悠はリビングから廊下へと連れ出された。

洸熙が向かっているのは、彼の部屋だ。

なんだか、とてつもなくいやな予感がした。

「……やるって、なにを?」

内心の不安を抑えつつ、敢えて聞いてみる。

「なにって決まってるだろ、初エッチだ。俺が今までどんだけこの日を待ってたかわかるか?」

わかるか、と言われてもわからない。

ただ、当たってほしくない最悪の想像が的中し、悠はパニックに陥《おちい》った。

――このままじゃ、洸ちゃんに襲われる……!

なにをされるかよくわからないが、この猛獣に捕まってしまえば頭からがぶりと食べられ、骨も残らない気がする。

なんとかして、逃れる方法を考えなければ。

怯えながらも、悠は必死に思考を巡《めぐ》らせる。

このままでは部屋に連れ込まれてしまう……!

ぐいぐいと引きずられながらも、悠はとっさに両足を踏ん張って抵抗した。

「あのっ……洸ちゃん!」

「なんだ?」

「あのさ……い、いきなりやるとかって、ムードぶち壊しだと思うっ」

と、いかにもデリカシーがないことを抗議するふりをする。

「そうか?」

するとさすがに即物的すぎたと反省したのか、洸熙も足を止める。

よし、ここで一気に畳み込むしかない。

「それに急に言われたから……正直言って、僕まだ頭の整理がつかないんだ。洸ちゃんのことは好きだけど、それが従兄としての好きか恋人としての好きかとか、そういう違いも考えたことなかったから」

なんとか、洸熙の機嫌を損ねないようにうまく言い逃れしなければ。

ここが一世一代《いっせいちだい》の大芝居だ。

悠は恥じらうようにうつむき、突然の告白にとまどう自分を演出してみせた。

「だ、だから、僕がちゃんと自分の気持ちを自覚するまで……もうちょっとだけ待ってほしいんだけど。駄目……?」

悠としてはもう必死で、生まれて初めての演技だったのだが。

「あいかわらずおまえは考えすぎなんだよ。そんな些細《ささい》なこと、くよくよ考えずにとりあえずやってみりゃいいんだ。大丈夫だ、俺たちはきっと相性抜群に違いない」

と、なんの根拠もなく洸熙が断言してくる。

このままではまた、いつものごとく力業《ちからわざ》で押し切られそうだ。

己の貞操の危機に、悠は必死で食い下がる。

「僕、そういうことはほんとに好きだって実感してから……したいな」

なんとか思いとどまってくれ、その一心で祈るように上目遣《うわめづか》いで洸熙を見上げる。

すると、洸熙が黙り込んだ。

そしてしばらくしてから、ようやく口を開く。

「……よし、わかった。言われてみれば急だもんな。悠だって心の準備ってやつがいるよな」

「そ、そうそう！」

望む方向に軌道《きどう》修正できそうでほっとした悠だったが。

次の瞬間、力強い腕に抱き締められ、息が詰まった。

「しょうがねぇ、ちょっとだけ待ってやる。だから早く俺のことを好きになれ」

その大きな胸に悠を抱き締めながら、洸熙が耳元で囁いてくる。

「……う、うん」

もしこのまま無茶をされたら、どうしよう。

そんな不安と緊張で全身がちがちになっていた悠だったが、やがて解放され、今度こそほっとした。

「そ、それじゃ、僕もう寝るから。おやすみ！」

洸熙の手の届かない安全圏まで来ると、脱兎《だっと》のごとく自室へ逃げ込む。

厳重に部屋の鍵をかけ、悠は部屋の隅にうずくまった。

まだ両手の震えが止まらなくて、深呼吸で気持ちを落ち着かせる。

――こ、怖かったぁ……っ。

まさか洸熙が、ずっとそんな風に自分を見ていたなんて、夢にも思わなかった。

――でも、この先どうしよう……？

今日はなんとかごまかして逃げられたが、明日からどうすればいいのか。

このままむざむざと、洸熙の毒牙《どくが》にかかるしか手はないのか。

悶々《もんもん》と悩んだ悠は、その晩はまんじりともせずに朝を迎えることになった。

◇　◇　◇

翌日から、悠の『できる限り洸熙と顔を合わせない大作戦』が始まった。

朝は殊更早起きして大学へ行き、講義が終わってからも学内の図書館で夜まで時間を潰《つぶ》す。

勉強が趣味といっても過言ではない悠なので、図書館にならいくらでもいられるのだ。

とにかく、顔さえ合わせなければ迫られずに済むだろうという、根本的にはなんの解決にもならない愚策《ぐさく》ではあったが、ほかに選択肢はなかった。

思い余って学生課で大学寮に入れないかと相談してみたが、あいにく新入生で現在満室で、ちょうど一部屋内装リフォーム中の部屋があるにはあるが、そこの完成も早くて三か月ほど先になるらしい。

寮に入ればアパートで一人暮らしするよりは生活費かからないし、防犯的にも不安じゃないし、両親も納得してくれるのではないか。

だが、なぜ好待遇の洸熙の部屋を出たいのか、その理由を聞かれたらなんと答えればいいのだろう？

悩んだ末、いったん話を保留にし、スーパーで野菜と肉などを買い物してから悠は帰宅した。

朝食は食べないが昼は学食かコンビニ、料理をしないと夜もコンビニか買ってきた弁当という生活だったので、最初はそれでよかったが毎日続くと元々味の濃い弁当が苦手な悠は飽きてきてしまったのだ。

かといって、料理が得意というわけでもないので、作るメニューは簡単なものに限られている。

今日は、豚肉ともやしをたっぷり入れた野菜炒めでも作ろう。

洸熙もほぼ外食ばかりなので、たまには野菜も食べさせなければ。

彼に困らせられているくせに、ついつい身体の心配をしてしまう人の良い悠である。

こんなに自炊することになるなら、実家にいる間にもっと母親にいろいろ教わっておけばよかったな、などと考えながらキッチンで料理を始める。

今日もモデルの仕事が入っているので遅くなると聞いていたので、二人分に盛り付けた料理の洸熙の分だけラップをかけておく。

こんなことをするから洸熙がよけい誤解をするのではないか、とも思うが、かといって自分の分だけ作って彼に食べさせないなんて、とてもではないが悠にはできなかった。

少し水っぽくなってしまったが、なんとか野菜炒めとインスタント味噌汁、ごはんというメニューが完成する。

まともなものを食べたければ、自分で作るしかない。

これが親元から自立するということなんだなぁ、と実感する。

「いただきます」

悠は一人でも、律儀に両手を合わせて挨拶すると箸《はし》を取った。

が、しんとしているのが嫌で、リビングのテレビを点《つ》けてしまう。

この部屋は広くて、一人でいると少しだけ寂しくなる。

上京してきて間もないのに、もうホームシックなんだろうかと苦笑しながら悠は一人きりの夕食を食べ終えた。

久しぶりに好みの味付けで野菜をたくさん食べられて、幸福感に浸《ひた》っていると、満腹になったせいか抗《あらが》いがたい眠気が襲ってくる。

このところの早起きが祟《たた》ったのかもしれない、と思いながら、悠は五分だけ……と手近にあったリビングのソファーの上に横になった。

そのまま、あっという間に眠りに落ち、どれくらい時間が経ったのだろうか。

ふと覚醒し、ぼんやりとした意識の中で薄目を開けると、目の前に誰か立っている。

「母さん……?」

一瞬実家と錯覚《さっかく》してしまい、寝ぼけてそう呟くと、手がそっと頬に触れてきた。大きな、温かい手の感触に目を閉じ、うっとりする。

だが母の手ではないなと気付き、もう一度目を開けると……傍らに立っていたのはなんと洸熙だった。

「わぁぁ……っ！」

つい悲鳴を上げて跳ね起きると、洸熙の方が驚いた顔をして悠を見つめている。

「ど、どうしたんだ？」

今帰ったとこなんだけど、と言われて、自分がソファーでうたた寝をしていたことを思い出す。

自室のベッドで寝るべきだった、と思い切り気を抜いていた己を激しく責めても、あとのまつりだ。

「お、お帰り。早かったんだね」

「ああ、早く悠の顔が見たくてな」

と、まるで新婚カップルのようなことを言い出す。

「飯作ってくれたんだな。すっげぇ嬉しい。俺、悠の作る飯大好き」

満面の笑顔で言われれば、罪悪感にちくりと胸が痛む。

「お、遅いと思って先食べちゃった。ごめんね。洸ちゃんも早く食べて」

こうなったら洸熙が食事をしているうちに自室へ戻ってしまおう、とそう勧めるが。

「悠、なんかおまえ、俺のこと避けてないか？」

図星を指《さ》され、内心ぎくりとする。

「え？　なんでそう思うの？　そんなことないよ？」

努めて『意外なことを言われたなぁ』という表情を作ってそう答えたが、疾《やま》しさからわずかに声が裏返ってしまった。

「そうか？　だって一緒に住んでるのに、ぜんぜん悠に会えないから」

やはり気付かれていたか、と背筋を冷たいものが伝う。

「し、新入生ってそれなりに忙しいんだよ。サークルも入ったし」

「サークル？　なに？」

「……郷土資料研究部」

とっさに、出まかせのサークル名を口にする。

嘘である。

新入生なので盛大な勧誘はあちこちから受けたものの、飲み会や合コンメインの遊び系サークルが目につき、自分が入ったらとても浮いてしまうだろうというところばかりだったので入り損ねていたのだ。

一人静かに勉強するのが好きな悠は、このまま四年間サークルに入る気はなかったのだが、これからもなるべく会わない前振りのために嘘も方便だ。

「そんなサークル辞めて、早く帰ってこいよ。俺もなるべく早く帰るから、二人の時間を作ろう」

が、敵は相変わらず悠の願いからかけ離れた提案をしてくる。

「……そだね」

また逆らうと面倒なので、悠は適当にあしらうことにした。

話を逸らそうとテレビを点けてリモコンを手に、あちこちチャンネルを替えていると洸熙が隣に座ってくる。

「ご飯、食べないの？」

「食べるよ。でも先に、悠の顔が見たい」

ぐっと接近され、膝と膝とがぶつかってドキリとする。

「どうだ？　俺のこと、もっと好きになったか？」

「……大学入ったばっかで忙しくて、まだゆっくり考える時間がなくて」

話がまずい方向になってきたので、悠は慌てた。

「そ、それじゃ僕はそろそろレポートやらないと」

二人きりになるのを避けるために、さりげなく席を外そうとするが。

「せっかく久しぶりに二人になれたんだから、ちょっとくらいそばにいてくれよ」

まるで捨てられた子犬のような瞳でそう哀願されてしまえば、無下《むげ》にはできない。

本性《ほんしょう》はライオンのくせに、洸熙はよくこういう顔をして悠の庇護欲《ひごよく》を刺激するのだ。

「……うん」

やむなくソファーに戻ろうとすると、洸熙が嬉々として自分の膝を叩く。

「ここ、座れよ」

「ええっ⁉　なんで？」

「いいから」

うむを言わさずぐいっと腕を摑んで引き寄せられ、悠はバランスを崩しながら彼の膝の上に横抱きに乗せられてしまった。

――ほ、捕獲されてしまった……っ！

自分のように薄ぼんやりしている生き物は、サバンナでは真っ先に餌食《えじき》になり、生き残れないに違いない。

「お、重いでしょ？」

「いいや、羽根みたいに軽い。ああ、可愛いなぁ。会えないうちにますます魅力的になって困る。田舎で言い寄ってくる奴いなかったか？」

などととんでもないことを言いながら、洸熙はうっとりと悠を見つめている。

「そ、そんな人いるわけないだろ」

そんな物好きは洸熙くらいだ、と悠は心の中で突っ込みを入れた。

とはいえ、膝の上に乗せられてしまってはもう身動きが取れない。

この危機的状況から脱する方法が、なにかないものか。

慣れない状況にかちこちに緊張しながら、悠は思考だけをフル回転させる。

その間にも、洸熙の指先は今度は悠の癖《くせ》っ毛を弄《いじ》り始めた。

「俺、悠の髪も好きだな。ふわふわして綿アメみたいで、食べたらうまそう」

「そ、そう……？」

『食べる』というキーワードに、根っから小動物体質の悠は彼の膝の上でついびくついてしまう。

寝癖はひどくなるし、ドライヤーをかけないとまとまらないし生まれつきの癖っ毛は、子供の頃からのコンプレックスだった。

なのにそれをこんなに愛おしそうに言われてしまうと、なんだか困る。

「悠」

「……なに？」

次に洸熙の手が悠の手を取り、吐息《といき》が触れるほど顔が接近してきていて、いくら恋愛沙汰《ざた》に疎《うと》い悠でもこれはまずい、と警戒したが。

「なぁ、キスしていい？」

突然、恐れていたことをあっさりねだられ、硬直した。

「え……？」

聞こえていたが、脳がそれを拒絶し、思わず聞き返してしまう。

「キスだけだから。いいだろ……？」

嫌だと言う前に、間髪《かんはつ》入《い》れず洸熙の端整《たんせい》な美貌が目近に迫ってくる。

恋愛スキル皆無《かいむ》の悠は、この緊急事態にただフリーズしてしまって身動き一つできなかった。

「ん……っ」

初めはそっとためらいがちに、洸熙の唇が触れてくる。

悠にとっては、生まれて初めてのキスだ。

人の唇って、こんなに柔らかいものだったんだと、悠は妙なことに感心した。

――ど、どうしよう⁉

あまりに突然のことだったので、心の準備ができておらず、キスされてから悠はパニックに陥《おちい》る。

だが、同性にキスされても予想していたような嫌悪感がないのが不思議だった。

いや、むしろ……。

悠が抵抗できないのをいいことに、触れるだけだった洸熙の唇は次第に傍若無人《ぼうじゃくぶじん》になり、悠を侵略してくる。

「は……ぁ……」

次第に深くなっていくキスに、思わず息が上がる。

慣れない行為に、悠は鼻で呼吸できることを忘れ、息を止めてしまっていたのだ。

「悠……」

小さく喘《あえ》ぐ悠を抱き寄せ、洸熙は継ぐ息すら奪うような口付けを続けてくる。

ひどくぎこちないけれど情熱的なキスに頭の芯が真っ白になってしまって、なにも考えられなくなってしまった。

悠にとってはとてつもなく長い時間に感じたが、実際には一分足らずのことだったようだ。

キスの余韻《よいん》でまだぼんやりしていると、洸熙の大きな両手が悠の頬を包み込んできた。

「やっと、悠にキスできたんだって思ったらなんか……すげぇ感動した」

とろけるように甘い眼差しで見つめられ、心臓の鼓動が跳ね上がる。

自分なんかにキスしたくらいで、洸熙がこんな顔をするなんて思いもしなかったのだ。

どうして彼は、なんの取り柄《え》もない自分を好きだと言うのだろう……？

いくら考えてもわからなかった。

どうしていいか、わからなくて。

「も……やだっ」

「……ああ、悪い」

かろうじて身を捩《よじ》って彼の腕の中から逃れると、洸熙もようやく我に返ったのかバツが悪そうに悠を解放してくれた。

「……待つって言ったくせに」

思わずそう恨《うら》み言《ごと》を呟いてしまう。

「悠……」

「……もう寝る、おやすみ」

恥ずかしさに洸熙の顔が見られなくて、悠はそのまま逃げるように自室へ閉じ籠《こ》もった。

まだ心臓がばくばくと波打っていて、部屋の隅に膝を抱えてしゃがみ込む。

――ファーストキスだったのに……。

ついに初めてのキスまで、洸熙に奪われてしまった。

嫌だと拒《こば》まなければいけなかったのに、言えなかった自分の不甲斐《ふがい》なさに情けなくなる。

このままでは本当に洸熙の『お嫁さん』にされてしまう。

――もうぜったい、明日入寮願い出さなきゃ……。

そう心に決める。

だが、こんな調子で三か月も逃げ切ることができるのだろうか？

絶望に打ちひしがれ、悠は膝の上に額を押し当てた。

◇　◇　◇

それから数日は、なにごともなく穏やかに過ぎていく。

待つと言ったくせにキスしたことで多少バツが悪かったのだろうか、洸熙はそれ以来無理強《じ》いしてくることはなかったが、いつまた迫られるかとビクビクしながら生活する悠にとっては生きた心地がしない日々だった。

今日は洸熙が仕事で遅くなるとわかっているので、悠はちゃっかり早く戻ってきた。

一人、部屋で一心不乱に勉強していると、インターフォンが鳴る。

こんな時間にいったい誰だろうと思いながら応対に出ると、インターフォンのモニターに映し出されていたのはなんと洸熙の兄、祐貴だった。

『よ、悠。元気？』

「祐兄ちゃん……！」

嬉しさのあまり、悠は彼がエレベーターで上がってくるまで待ち切れず、玄関を開けて出迎えた。

「いらっしゃい!」

「悠が上京してきたって洸に聞いて、顔見に来たよ」

お土産だとケーキの入った箱を差し出しながら、祐貴がにっこり微笑む。

洸熙の兄であり、本家の次男である彼は、現在二十四歳で都内に住む大学院生だ。研究者肌の気質なので大学で実験をしている時間が一番幸せだと豪語する彼は、大学近くに部屋を借りて楽しく暮らしているらしい。

もともと仲がいい兄弟なので、洸熙が上京してからは、こうしてよく様子を見に訪れているようだった。

悠も、温和でよき相談相手になってくれる祐貴が大好きなので、彼の訪問は単純に嬉しかった。

「祐兄に会えて、すっごく嬉しい。今コーヒー淹《い》れるから座ってて」

彼をリビングに通すと、悠は急いでお茶の支度をしながら話しかけた。

「洸ちゃん、まだ帰ってないんだ。今日は遅くなるって言ってたけど」

「そうなんだ。いいよ、今日は悠に会いに来ただけだし。洸との同居生活はどう? うまくいってる?」

と、いきなり現実に引き戻される質問をされ、悠はコーヒーにミルクを入れる手を止めてしまった。

「……あれ、悪いこと聞いちゃったかな？」

明らかに悠の表情が曇ったのに気付いたのだろう、祐貴がテーブルの上で両手を組み、小首を傾げてみせる。

「……ううん、そうじゃないけど」

つい言い淀《よど》むと。

「悩みがあるなら、話してごらん。それだけでもすっきりするから」

優しく促《うなが》され、思わず心が揺らぐ。

「……誰にも言わない？」

「秘密は守るよ」

その言葉に背中を押され、悠はぽつぽつと事情を話し始めた。

もっとも、洸熙にキスされたことだけは恥ずかしくて内緒にしておいたが。

一通り聞き終えると、意外なことに祐貴はそう驚いた様子も見せなかった。

「やっぱりね、強引に悠と同居に持ち込んだって聞いたから、そんなことじゃないかと思ってたよ。なにせ洸は子供の頃から悠一筋《ひとすじ》だったからね」

「え……？　祐兄、知ってたの？」

「そりゃ洸を見てれば嫌でも気付くよ。いつでもどこへでも悠を連れて行きたがっていただろう？　単なる従弟《いとこ》への執着《しゅうちゃく》じゃないからね、あれは」

そうなのか。

ただ家来扱いされているとばかり思っていた自分は、鈍《にぶ》いのだろうか？

「洸は躾《しつけ》のなってないライオンだからな。待てを覚えさせるのは大変だろう？」

と、祐貴は意味深な流し目を送ってくる。

すでに食べられかけてます、とは言えず、悠は話の先を急ぐ。

「とにかく……っ、洸ちゃんは僕をお嫁さんにして、ここで新婚生活を始める気満々なんだ。どうしたらいいと思う？」

「う〜ん、悠が嫌なら、はっきりそう言うしかないんじゃないかな」

「そ、そんなことしたら、洸ちゃん暴れるよ？」

「まぁ、そうだろうね」

と、弟の性格をよく知る祐貴はあっさり同意する。

それじゃ困るから相談しているんだけどな、と思っていると。

「そうだ、だったら洸が嫌いなタイプにイメチェンするとかどうかな？」

「……イメチェン？」

「そう。たとえばゆるふわ系の女の子が突然ゴスロリ系とかに宗旨《しゅうし》替《が》えしたら、彼氏は萎《な》えるよね。そういう感じ」

「……なるほど」

自慢ではないが、自分がイケてない自覚はある。

勉強第一でオシャレなどに関心のない青春時代を送っているせいか、中学時代の渾名《あだな》は『ガリ勉ダサメガネ』だった。

成績さえよければ誰に文句を言われる筋合いもないと開き直り、高校を卒業するまで意地でそのスタイルを貫き通してきたが、本心では上京し、今までとは違う自分に生まれ変わってみたいというひそかな願望もある。

どこがいいのかは果てしなく謎だが、洸熙はこの『ダサメガネ』の自分を気に入っているらしい。

ならば、思い切りイメージチェンジしたら、もしかしたら嫌いになってくれるかもしれない。

とにかく、今はほかになすすべがないのだから、試してみる価値はありだと思った。

「ありがとう、祐兄！　僕、頑張ってみる」

真っ暗な闇夜に一筋の光明《こうみょう》を見出《みいだ》した気がして、悠は祐貴に最敬礼で礼を言った。

「あ……今の話……」

「洸熙には内緒なんだろ？　わかってるよ」

心得たように言って、祐貴は大きな手で悠の頭を撫《な》でてきた。

と、そこでインターフォンが鳴る。

「……帰ってきたみたい」

「一気に表情が暗くなるね、悠」

祐貴にずばり見抜かれながら、悠はしかたなく中から鍵を開けて彼を出迎えた。

「……お帰り」

「ただいま、悠！　どうだ？　もう俺のこと好きになったか？」

「……それ、毎日聞くのやめてくれない？」

人の顔を見るなり、開口一番これなので、悠は冷たく言い捨て、さっさとリビングへ戻る。

「待てよ、悠ってば」

慌てて後を追ってきた洸熙は、リビングのソファーにいた祐貴に気付いた。

「なんだ、来てたのか、祐兄」

「ああ、悠の顔を見にね」

祐貴がなにげなくそう言うと、かっと目を見開いた洸熙がすかさず悠の背後に回り込み、がっしとその首をホールドする。

「いくら祐兄でも、悠だけはやんねぇからな⁉」

「ちょ、ちょっと⁉」

「はは、わかってるよ。いくら僕でも弟の想い人を横取りしたりしないって」

「どうだかな。祐兄は男でも女でもものすごく手が早いんだ。悠も気をつけろ」

と、真顔で言われ、悠は沈黙する。

この世界で、自分に言い寄る男など物好きの洸熙くらいだと思ったが、面倒なので反論しなかった。

それから三人でケーキを食べたが、洸熙が『悠がいかに可愛いか』ということを延々と祐貴に語り続けるので、悠はうんざりして席を外し、キッチンで夕食の支度を始めた。

とはいえ、リビングに面したオープンキッチンなので、二人とは作業しながら会話ができる。

「そうだ。今度の日曜、スタジオで撮影あるんだ。悠も見学しに来いよ」

「え……なんで？」

「なんでって、俺がかっこいいとこ見たいだろ？」

と、当然のごとく言われ、開いた口が塞《ふさ》がらない。

だが、行きたくないなんて言ったら、どうなるかは予測できるので悠は無言を通す代わりに、この絶大なる自信のほんの一端《いったん》でも分けてもらえれば、人生はきっと楽しくなるんだろうなと達観したことを考えていた。

「悠、洸はきみにいいとこ見せて、早く好きになってほしいんだよ。そうだろう？　洸」

「やだな、祐兄。そんなにはっきり言われると照れるぜ」

と、洸熙はらしくもなく照れている。

このテンションにはついていけない、と悠は彼の盛り上がりぶりとは反比例してさらに冷静になった。

「行ってあげなよ、悠。ふだんなかなか見学できない場所だろうしね」

洸熙の魔の手から逃れたいと知っているはずなのに、祐貴はそんなことを言う。

——祐兄、完全に面白がってるな……。

思えば昔から、彼は物見高いところがあった。

ずば抜けた美形兄弟に挟まれ、悠は恨《うら》めしい気分になる。

——そうだ、スタジオってことは芸能人とかいるってことだよね？

悠の貧困《ひんこん》な都会イメージでは、テレビ局やスタジオなどには芸能人がうじゃうじゃいるという程度のものだ。

そこでいわゆる『オシャレ』な人々を観察すれば、なにかイメージチェンジの参考になるかもしれない。

「……わかった、行くよ」

「そうか！　俺、頑張るからな」

悠の本心も知らず、洸熙の喜びようといったらそれは無邪気なもので、さすがに少々良心が痛む。

彼を騙《だま》しているようで気が引けるが、だからといって望み通り『お嫁さん』になることなどできない。

これはやむを得ない防衛策なのだからと自分を納得させるしかなかった。

◇　◇　◇

そして、問題の週末。

悠は意気揚々《ようよう》とした洸熙に連れられ、林の運転する車で青山《あおやま》にある撮影スタジオに向かった。

「今日は神崎《かんざき》くんとのツーショットですから。うちの事務所の一押しモデル特集なんだから、うまいことやってくださいね。ぜったいに喧嘩はしないように」

と、車中で林が釘を刺してくる。

「わかってるよ」

口ではそう言ったものの。

「同じ事務所所属モデルの、神崎駿《しゅん》って言うんだ。ちょっと俺より先にデビューしたからって、先輩風吹かせる嫌な奴でさ。奴と絡《から》むのはめんどくせぇけど、今日は悠がいるから頑張らないとな！」

「……」

大声で自分にそう説明している時点でぜんぜんわかってないと思い、悠はこの猛獣の手《た》綱《づな》をさばかなければならない林に大いに同情した。

どうやら今日はその、犬猿の仲の先輩モデルとの撮影らしい。

トラブルが起きなければいいけど、と内心ひそかに十字を切る。

そうこうするうちにスタジオの到着すると、林は駐車場に車を停めた。

入り口でゲスト用パスをもらい、首に下げて悠も洸熙たちの後についていく。

もちろん、撮影スタジオに入るのは初めてなので、物珍しくてついきょろきょろしてしまう。

通路を進むとやがて『洸さま控室』と張り紙された部屋があり、一同その中へ入る。

中には、すでにスタイリストらしき男性が待ち構えていた。

年の頃は二十七、八というところだろうか。

細身でスタイルもよく、綺麗にカラーリングした髪を整えた、なかなかの美男子なのだが。

「あぁら、おはようございます。今日も素敵ね、洸くん」

予想に反した甲高いオネェ言葉に、悠は度肝《どぎも》を抜かれてしまう。

「おはようございます、蜂谷《はちや》さん。今日、神崎と対決だから、あいつよかかっこよくしといて」

「もちろんよぉ♡　私に任せといて」

仲睦《なかむつ》まじげな挨拶を交わしながら、洸熙は控室の鏡の前に座る。

「あ、こいつは俺の従弟の悠っていうんだ。撮影見学したいって言うから連れてきたから、今日はよろしく」

「は、初めまして」

「まぁ、洸くんの従弟？　スタイリストの蜂谷です。よろしくね♡」

蜂谷と名乗ったスタイリストは、愛想よく言いながらもちらりと微妙な表情を覗かせた。

彼がなにを感じたのかは、今までの経験からすぐわかる。

ずいぶん似ていない従弟だと思ったのだろう。

やっぱり誰から見ても自分は田舎者丸出しなんだなと、悠はうつむいた。

「今日の衣装、セレクトしといたからちょっと合わせてみて」

「了解」

蜂谷のセンスに絶大な信頼を置いているのか、昔からあれこれ自分が着る服にはうるさかった洸熙がすんなりそれに着替えている。

「香水の宣伝も兼ねて、今日のテーマはワイルド&セクシーよ♡　私のイメージでは洸くんは百獣の王、ライオンなの。いいでしょ？」

基本のシャツとヴィンテージジーンズの上に、細かな豹柄《ひょうがら》をモチーフにしたスカーフやタイなどの小物に、シルバーアクセサリーを組み合わせていく。

洸熙が準備をしている間、悠は控室の隅でその様子を眺めるしかすることがない。

普段着でもその長身と容姿で充分すぎるほど人目を引く洸熙だったが、作業が進んでいくにつれ、見る見るうちにオーラを醸《かも》し出していくのがわかる。

なんというか、うまく表現できないが常人には持ち得ない、芸能人特有のスターオーラのようなものだ。

プロの仕事ってすごいなぁ、とひそかに感心する。

つい固唾《かたず》を呑《の》んでその過程を見物していると、蜂谷は慣れた手付きで彼の髪をセットし、メイクを進めていく。

メイクをしながら林と撮影の打ち合わせをする洸熙の顔は、自分と接する時とは違う、立派な職業人の顔だった。

――洸ちゃん、ほんとに頑張ってるんだ……。

まだ十五だったというのに、単身都会へ出てきて世間の荒波に揉《も》まれ、高校に通いながら芸能人としての仕事を両立させるのは並大抵《なみたいてい》のことではない。

少なくとも、意気地のない自分には到底《とうてい》できないと思う。

それを立派にやってのけている従兄に、悠は羨望《せんぼう》の念しか抱けなかった。

「じゃ、そろそろスタジオの方に移動しましょうか」

無事洸熙の身仕度《みじたく》も完了し、蜂谷の先導で一同控室から廊下へ出る。

彼の道案内について通路を進んでいく途中、ちょうど目の前の控室が開き、中から長身の青年が出てきた。

「あら、神崎くん。おはようございます」

「おはようございます」

蜂谷の挨拶に、神崎と呼ばれた青年は如才《じょさい》なく笑顔を見せる。

その名字から、悠は彼が今日洸熙と共に撮影するモデルだと察した。

「よぉ、洸熙。今日はよろしく」

「……よろしくお願いします」

感情が顔に出やすい洸熙は、明らかに渋々といった体《てい》だったが、それでも一応事務所の先輩ということもあり、挨拶をする。

二人が並ぶと、身長はだいたい同じくらいで、洸熙の方がやや筋肉質でがっしりとした身体付きをしている。

ワイルド&セクシーという、今日のテーマのせいだろうか、神崎も身体のラインがはっきりわかる、男性にしてはやや扇情的な衣装だ。

神崎駿。

芸能界には疎《うと》い悠も、彼の存在はテレビCMや雑誌などでよく知っている。

確か洸熙よりも数年早くデビューしており、最近ではバラエティ番組などにも出演している人気タレントだ。

同じワイルド系といっても、洸熙を表現するならば野放図《のほうず》な野生の獣らしい傲岸不遜《ごうがんふそん》さが売りで、神崎はスポーツマンタイプの爽《さわ》やか好青年といった趣《おもむき》で方向性はかなり異なっている。

とはいえ、二人が不仲なのは、神崎も洸熙を油断ならないライバルと認識しているからではないのかな、と悠は考えた。

と、その時偶然神崎と目が合い、彼がしげしげと悠を眺める。

「なに、この子？　ずいぶん野暮《やぼ》ったい付き人連れてるね」

「……あ？」

神崎の言葉に、洸熙の眉がぴくりと跳ね上がる。

が、神崎の方はそれに気付く様子もなく、無遠慮に悠の顔を覗き込んだ。

「すごいな、このメガネ。いまどき有り得ない。いったいどこから探してきたんですか？　こんな天然記念物。林さんも人が悪いですね、いくらなんでも、もうちょっと見栄えのするバイトいるでしょうに」

気にしていることをあからさまに指摘され、悠は恥ずかしさでうつむく。

やはり、来るのではなかった。

バカにされるのは慣れていたが、自分のせいで洸熙が恥を掻くのは嫌だったのだ。

と、その時。

「……もう一度言ってみろ」

地獄の底から響くような、凶悪な声音《こわね》に、悠は竦《すく》み上がる。

これはまずい。

長年の経験から知る、これは洸熙のマジギレ五秒前カウントダウン開始の合図だ。

「ちょ、ちょっと神崎くん、こちらはね……その……」

焦《あせ》った蜂谷がやんわり止めようとするが、それより先に洸熙の右手がむんずと彼の胸倉《むなぐら》を摑んでいた。

「もう一度言ってみろと言ってるんだ！」

「な、なんだよ？　なにキレてんだ？」

理由のわからない神崎は、首を絞《し》め上げられて目を白黒させている。

「洸くん、よさないか！　放すんだ！」

「うるせぇ！　俺の悠になんて失礼なことを言いやがるんだ。謝れ！」

「こ、洸ちゃん、僕はなんとも思ってないからっ」

ダサいとか田舎者だなんて、言われ慣れているのでなんともないのに、まさか洸熙の方がこんなに逆上するとは思わず、悠も慌てて止めに入った。

が、洸熙の怒りは収まらない。

「前々から気に入らなかったんだ。こいつ、ぶちのめしてやらないと気が済まねぇ！」

「は、放せ！　俺は先輩だぞ⁉　こっちだって、おまえは態度デカくて前から気に入らなかったんだ。もっと先輩を敬《うやま》え！」

と、負けずに神崎からの反撃もあり、喧嘩はヒートアップしていく。

「は！　人を見かけでしか判断しない、おまえみたい奴、尊敬できるかよ。悠はなぁ、宇宙一優しくて宇宙一可愛いんだよ！」

「洸ちゃん、もうやめてってば！」

洸熙が神崎を殴ろうと右の拳を振り上げたので、悠はとっさにその腕にしがみついてそれを阻止《そし》した。

「いや〜っ、メイクが崩れるから二人ともやめてぇ！」

蜂谷の金切り声が上がり、「いい加減にしてください！」と林が力尽《ちからず》くで二人の間に割って入る。

と、そこへ事情を知らない別のスタッフが走ってきて、言った。

「すみませ〜ん、時間ですんでスタジオ入りお願いしま〜す」

「は、はい、今行きます」

すかさず林が返事をすると、仕事のことを思い出したのか今にも取っ組み合いを始めそうだった二人が動きを止めた。

「とにかく二人とも冷静になってください！　撮影、できるんですか？」

「もちろんできますよ。俺はプロですから」

と、神崎が挑戦的に言い放ち、シャツの襟を直しながら洸熙を睥睨《へいげい》する。

「顔に感情出すなよ、ひよっこが」

「ふん、こっちのセリフだ。素人《しろうと》じゃあるまいし」

二人の間に見えない火花が散り、不穏《ふおん》な空気を漂わせたまま、とにかく全員でスタジオへと急ぐ。

「はい、それじゃ撮影入りま～す、よろしくお願いします」

「よろしくお願いします」

スタッフたちに礼儀正しく挨拶する洸熙の姿は、いつもの傲慢《ごうまん》さは感じられず、一人のプロとしての自覚が垣間《かいま》見られた。

カメラマンの指示で、二人は青いスクリーンの貼られたセット前に立つ。

直前まで険悪だった二人は親しげに肩を組み、笑顔を見せる。

その様子は、どこから見ても大親友だ。

次々とポーズを変え、フラッシュが焚《た》かれる。

直前まで殴り合い寸前のケンカをしていたとは思えないほど、撮影は順調だった。

「すごい……さっきまで大ゲンカしてたのに」

あまりの変貌《へんぼう》ぶりに舌を巻き、悠が思わず呟く。

「どんな大嫌いな人間とも、仕事となれば大親友の演技ができる、それがプロってものよ。洸くんも業界の人間としての自覚出てきたわねぇ」

と、蜂谷は満足げに腕組みして撮影を見物している。

「迷惑かけちゃって、すみませんでした……やっぱり僕、来ない方がよかったですね」

林と蜂谷に謝りながら、自分のせいで現場が険悪な雰囲気になってしまったと、悠はひどく落ち込んだ。

「あなたのせいじゃないわよ。あれは神崎くんが悪いわ」

「以前から険悪だったんで、いつかはやると思ってたんですけどね……」

と、林は胃を押さえている。

さっきも車中でこっそり胃薬を飲んでいたので、おそらく洸熙の担当になってからは常備薬になっているのだろう。

「今、洸熙くんが人気急上昇でしょう？　神崎くん面白くないんですよ。まぁ、気持ちはわかるんですけど」

確かに、自分と同じ事務所の後輩が売れてきたとなれば、先輩としては心穏やかではいられないだろう。

昔から洸熙は体格も良く目立っていたせいで、傲岸不遜に見られがちだった。

なので、中学などでも先輩に目をつけられやすく、たびたび呼び出されていた。

もっとも、腕力では洸熙の方が上なのはすぐに知れ渡ったので、その後は誰もちょっかいは出さなくなったのだが。

そういうところを見ると、洸熙はやっぱりあまり変わってないのかなと悠は思う。

「でも、元々あんまり気の長い方じゃないけど、あんなに怒った洸くん初めて見たんでびっくりしたわ」

蜂谷が鋭い突っ込みをしてくるので、悠は内心ぎくりとする。

「……僕は子供の頃から、洸ちゃんの家来みたいなものだったので、自分の子分をバカにされたっていうか、そういう感じなんだと思います」

まさか彼に迫られているとは言えず、悠は苦しい言い訳をした。

ひそひそとそんな話をしているうちに撮影は滞《とどこお》りなく進み、小一時間ほどで終了する。

「お疲れさまでした！」

再びスタッフたちにきっちり挨拶し、洸熙は真っ先に悠の元へとやってきた。

「どうだった？　かっこよかったか？」

と、期待に満ちた眼差しで『イエス』という返事を強要され、悠はやむなく頷く。

「……うん、かっこよかったよ」

なぜだろう、本心でもそう感じたのは確かだが、本人に素直に告げるのは抵抗がある。

「そうか！」

だが洸熙はそんな悠の複雑な葛藤《かっとう》も知らず、満面の笑顔になった。

「お疲れさま、今日もすごくよかったわよぉ」

そこで蜂谷がやってきて、手早く洸熙のメイクを直す。

「洸熙さん、取材ですよ」

それが終わると、林に呼ばれる。

どうやら写真撮影の後には雑誌編集部からのインタビューがあるらしく、出版社の人間らしきスタッフたちが二人を待ちかまえていた。

「すぐ終わらせるから控室でちゃんと待ってろよ？　先に帰ったら承知しないからな」

「……わかったから、早く行きなよ」

しつこく念を押され、うんざりしながら無理やり送り出す。

また神崎とケンカを始めないかと心配だったが、取材も仕事なので大丈夫だろうと思うことにした。

「じゃ、私たちは控室で待ってましょうか」

と、蜂谷がいい、洸熙の控室へ戻る。

二人きりになったこともあり、そうだ、いい機会だと悠は思い切って声をかけてみた。

「あ、あの……いきなり不躾《ぶしつけ》ですみませんが、お聞きしたいことがあるんですけど」

「あら、なぁに？　なんでも聞いてちょうだい」

洸熙の従弟と聞いたせいか、スタイリストの蜂谷は愛想がいい。

そこで恥ずかしかったが、思い切って尋《たず》ねる。

「その……かっこよくなるにはどうしたらいいのか、教えてもらえないでしょうか？」

すると蜂谷は頭の先から爪先《つまさき》まで悠を睥睨し、腕組みした。

「う〜ん、そうね。あなた素材は悪くないのよね。ただセンスがないだけで」

「……そうですか」

自覚はあったものの、プロのスタイリストにはっきり断言されるとやはり堪《こた》える。

思えば中学、高校と勉強漬けの毎日で、オシャレとはほぼ無縁の生活をしてきた。

そんな過去の自分をどやしつけてやりたいが、ここはなんとしてでもイメチェンしなければ、と悠は必死だった。

すると蜂谷は、控室に置かれていた衣装ラックに視線を送る。

「いいわ、ちょうど洸くん用に用意した衣装の予備があるから、ちょっと変身させてあげる」

「え……？」

「さ、まずはここ座って」

てきぱきと鏡の前に座らされ、首に理容室で使うケープを巻かれてしまう。

「髪、カットしていい？　前髪が長すぎるから切っちゃうわよ？」

「は、はい」

こうなったら、もうまな板の上の鯉《こい》だと観念し、悠は目を閉じた。

美容師としても有能なのか、蜂谷はてきぱきと手際よく鋏《はさみ》を動かし、あっという間に仕上げてしまった。

最後にブローし、整髪料で整えてくれる。

「う〜ん、綺麗なお肌ね。羨《うらや》ましい！　メイクはしなくてもいいけど、ちょっと眉整えておいてあげる」

髪が終わると、彼は悠の頬を撫でてから眉をカットしてくれた。

「さて、最大の難関はその眼鏡ね。コンタクトは持ってないの？」

「一応作ってはあるんですけど、苦手で……」

と、悠は眼鏡をなくした時用に、常に鞄《かばん》に入れて持ち歩いているコンタクトレンズを取り出した。

「見栄えよくしたいなら、意地でも慣れることね。とにかくこの眼鏡は使用禁止よ」

きっぱりそう申し渡され、そんなに駄目なのかと少々落ち込む。

が、これも変身のためだと我慢し、慣れない手つきでなんとかコンタクトを装着した。

こうしてあれよあれよという間に作業は進み、次はこれとこれを着るようにと衣装を渡される。

洸熙用の衣装なので当然悠にはかなり大きく、袖口《そでぐち》や裾《すそ》をまくって着るようだったが、とりえず着てみないとコーディネートの感覚が摑めないからと蜂谷が言う。

言われるままにそれに着替え、悠は控室の姿見《すがたみ》の前に立った。

恐る恐る鏡の中を確認していると……そこには今までとは見違えるほど今どきの若者へと変貌した自分がいた。

髪型といい服装といい、おそらく、このまま渋谷の雑踏を歩いても悪目立ちはしないくらいのレベルにはなっていると思う。

「……これが、僕……？」

予想していた以上の変貌ぶりに、まだ信じられない気分だ。

「う〜ん、私って天才！　久々に変身させ甲斐《がい》があったわぁ」

と、蜂谷もその出来栄えに満足そうだ。

「若いうちは量販店の安い服だっていいのよ。うまくコーディネートすれば、それなりにオシャレになるんだから」

そう言いつつ、蜂谷はどういう組み合わせがいいかをレクチャーしてくれる。

悠はすかさずそのアドバイスを携帯プレイヤーに録音させてもらった。

「本当にありがとうございます！　僕、これから一生懸命ファッションのこととか勉強して頑張ります！」

「そ、そう？　頑張ってね」

悠の勢いに気圧《けお》されたのか、蜂谷は若干《じゃっかん》引き気味だ。

と、そこへ控室のドアがノックもなく突然開き、足早に洸熙が駆け込んできた。

「待たせたな、終わったぞ」

「お、お疲れさま」

いよいよ、問題の洸熙へのお披露目《ひろめ》とあって、悠はやや緊張する。

「あの……どう、かな……？」

どうか、洸熙の好みから激しく外れている仕上がりになっていますように。

そう天に祈りつつ、悠はおずおず確認してみる。

すると真顔になった洸熙は、頭の先から爪先までじっくり悠を観察した後、おもむろにそばにいた蜂谷に向き直った。

「……悠を変身させたのって、蜂谷さん？」

「そうよ♡　ああん、お礼なんていいのよぉ！」

ここぞとばかりに、洸熙に恩を着せようと目論《もくろ》んでいた様子の蜂谷だったが。

「なんて余計なことしてくれたんだよ！　悠は元のままで充分可愛かったのに！」

「え、ええっ!?」

想定外の洸熙の反応に、蜂谷だけでなく悠も絶句する。

「こんなにさらに可愛くしちまったら、それこそ悪い虫がわらわら寄ってきて大変なことになっちまうだろうが！　今すぐ元に戻してくれ！」

その勝手な言い草に、悠の内でブチリとなにかがキレた。

「……やだよ」

「……悠？」

「ぼ、僕がお願いしたんだから、蜂谷さんは悪くない。大体、なんで僕のことを勝手に洸ちゃんが決めちゃうんだよ？　それっておかしくない？」

もう、我慢の限界だった。

たとえ殴られたってかまわない。

ありったけの勇気を振り絞り、そう言い返してしまった。

とはいえ、怖くてつい目を瞑《つぶ》ってしまったが、いつまで待っても鉄拳が振り下ろされる気配がない。

おそるおそる片目を開けてみると、洸熙が本気でショックを受けた顔をして茫然《ぼうぜん》と立ち尽くしていた。

「なんで怒るんだ？　俺はこんなに悠のことを愛してるのに……！」

するると、その発言に一番驚いたのは二人の間でおろおろしていた蜂谷だった。

「え、なに、ひょっとして洸くんがオネツなのってこの子なの⁉」

その問いに、

「そうだ」

「違います！」

と、洸熙と悠がほぼ同時に答える。

「なにが違うんだよ、なんでそんな嘘つくんだ？」

「だ、だって……」

仕事先の関係者に、男を好きだと知られたりしたら洸熙の今後の仕事に影響が出てしまうのではないか。

悠が真っ先に心配したのはそれだったが、洸熙自身はそんなことはこれっぽっちも考えていないようだ。

「嘘、ありえない！　ちょっとあんた、先にそう言いなさいよね。うっかり敵に塩送っちゃったじゃないの！」

「す、すいません……」

なぜ自分が謝らなければならないのか、と思いつつ、悠はとっさに蜂谷に謝ってしまう。

するとそこでようやく、控室のドアが開きっぱなしだったことに気付き、そちらを見ると、取材が終わった神崎がなぜか廊下で立ち尽くしていた。

「え……っていうか、誰……？」

茫然と洸熙と悠を交互に眺め、呟く。

「ひょっとして、さっきの眼鏡の子!?　嘘だろ!?」

話がさらにややこしくなりそうだったので、悠は早々に蜂谷に礼を言って借りていた衣装を返し、元通り私服に着替えてスタジオを後にした。

といっても、かたくなにコンタクトはしたままだ。

慣れなくて目が乾くが、今後は意地でも慣れてやると心に誓う。

「なぁ、なんで急にそんなこと考えるようになったんだよ？　ひょっとして俺以外の奴にモテたいのか？」

帰りの車中でも、洸熙が絡んでくる。

非常に鬱陶《うっとう》しい。

「……どうでもいいだろ、そんなこと」

洸熙が思った通りに幻滅《げんめつ》してくれなかったので、内心がっかりした悠は少しつっけんどんにそう答えた。

今までは洸熙に逆らうことが怖ろしくて、とてもではないがこんな態度は取れなかったのだが、実際やってみるとこの程度ではまったく怒らないとわかり、少々拍子抜けするほどだった。

もう、びくびくするのはやめだ。

これからはちゃんと自己主張しよう。

洸熙がキレて、たとえ一発二発食らったとしても、またそれを理由に出て行く口実になる。

そう決心した悠は、こう宣言した。

「洸ちゃん、僕、これからバイトすることに決めたから」

「バイト？　なんだよ、急に」

バイトをすることは、上京前から考えてはいたことだった。

家賃が浮いたとはいえ、決して安くない学費を負担してもらうのだから、せめて自分の小遣《こづか》いくらいは自分で稼がなければ。

ことにこれからオシャレをするのにかかる衣装代など、両親に出してもらうわけにはいかない。

そうした収入源を確保するためには、バイトは必須だった。

「バイトなんかしなくていい。金なら俺が渡す」

案《あん》の定《じょう》、そう言い出した洸熙に、悠はため息をついた。

「やっぱり洸ちゃん、ぜんぜんわかってない。なんの理由もなく、僕が洸ちゃんからお金なんかもらえるわけないだろ」

ただでさえ、洸熙の部屋に住まわせてもらうような形になっているのだ。

生活費まで出してもらったら、ますます洸熙の『お嫁さん』確定になってしまう。

それだけはなんとしても避けたかった。

「そうは言っても、俺は仕事と大学でほとんど家に居られないし、この上、悠まで働きに出ちまったら二人でいちゃいちゃする時間なんかないじゃないか！」

そんな時間、なくていいと悠は心の中で一刀両断《いっとうりょうだん》する。

ぜったい反対だ、と洸熙が喚き始め、運転中の林がおろおろして路肩《ろかた》に車を止める騒ぎになったが、ここが正念場だと悠も譲らなかった。

ここで引いたら、この先もずるずると引きずられてしまう。

洸熙の嫁にさせられてしまう。

「とにかく、そういうことだから。止めても無駄だからね」

「悠～っ！」

なんとか瀬戸際で洸熙の攻撃を食い止め、ほっとする。

ちょっと髪型や着る物を変えたくらいで、自分の容姿に自信を持てるようになったわけではない。

だが、この変身は悠にとって変わるきっかけになったことは確かだった。

もちろん、洸熙に嫌われるための変身でもあったが、彼のそばにいるのにみっともない以前の自分のままでいて、彼に引け目を感じさせたくないという気持ちもあった。

そう、とにかく東京に来て、自分は新しく生まれ変わるのだ！

悠はそう決意を固めていた。

◇　◇　◇

とまぁ、そんな経緯《いきさつ》があった後、洸熙の反対を無視した悠は、即座に最寄駅前にあるコンビニでのバイトを探してきた。

生まれて初めてのアルバイトだったが、生来真面目で頭のいい悠はすぐに仕事を憶え、よく働くのでバイト先でも重宝《ちょうほう》された。

家にいると洸熙に迫られるので、これ幸いとばかりに悠は大学の授業が終わった夕方から夜間、休日など積極的にシフトに入れてもらった。

一気に忙しくなったものの、いつ襲われるかとびくついて家にいるよりは数段精神的には楽なので、これでよかったのだと思うことにする。

洸熙に会わずに済む上、財布も潤《うるお》うし、まさに一石二鳥だ。

そう、洸熙に振り回されるより、もっとより建設的に生きなければ！

ようやく言いたいことを言えるようになった悠は、気分的にすっきりしてあらたな生活を楽しみ始めていた。

コンタクト生活にも、だいぶ慣れてきた。

働き始めたばかりなのでまだ新しい服は買えないが、古着店やフリーマーケットなどで手に入れた安価なアクセサリーやベルトなどを手持ちのものに合わせ、自分なりにコーディネートの勉強をする。

男性ファッション誌も買うようになり、世間一般の流行というものもじょじょに理解できるようになった。

元々優等生な悠は、一度基本を憶えるとスポンジが水を吸うように知識を吸収していき、その変貌ぶりは、まさに蛹《さなぎ》が蝶《ちょう》に孵《かえ》ったようだった。

とはいえ、当人の性格はまったく変わっていないので、中身がガリ勉なのは相変わらずなのだが。

かくして順風満帆《じゅんぷうまんぱん》な大学生活を送っているかに見えた悠だったが、あらたな問題が勃発《ぼっぱつ》した。


「河原崎くん、ドリンク補充してきて」

「はい」

店長に頼まれ、悠はいったんレジを離れてバックヤードへ向かう。

手早く作業を済ませて戻ってくると、雑誌売り場に見覚えのある長身の後ろ姿を発見し、悠はげんなりした。

――……また来てる……。

そう、悠がバイトを始めると、洸熙はこうして度々店に迎えに来るようになったのである。

何度か通ううちに、意外にも芸能人に詳しい店長に気付かれ、興味津々で聞かれた。

「か、河原崎くん、いつもきみを迎えに来てるのって、モデルの洸だよねぇ？　どういう関係なの？」

「……従兄です」

当然ながらそう突っ込まれ、渋々説明するしかなかった。

うちの娘がファンでね、サインお願いできないかなと店長に哀願され、断り切れずに色紙を持ち帰る羽目になった。

先日など目ざとい女子高生たちに気付かれ、コンビニ内が二十人近い女子高生で埋め尽くされるという事件があったばかりだ。

以来、どうしても店に来るならサングラス着用を義務付けたのだが、ただ漏れの芸能人オーラを隠すことはできず、よけいに人目を引くようになった気もする。

いくら帰れと言っても聞かないので、後は一分一秒でも早く勤務時間が終わるのを待つしかなかった。

サイン以来店長の愛想もよく、知らんふりをする悠をよそに洸熙と立ち話をする始末だ。

「ねぇねぇ、洸がいるよ！」

「嘘、ホント？」

一人てきぱきと店を切り盛りしていると、今日も洸熙の存在に気付いた女子高生が黄色い歓声を上げて写真撮影をねだっている。

——ホントにもう……っ！

内心ハラハラしながら働き、ようやくバイト終了時間が訪れる。

「やっと終わったか。待ちくたびれた」

バックルームで着替え、急いで帰り仕度を整えて店へ戻ると、洸熙が口ではそう言いながらもそわそわと嬉しそうに待ち構えていた。

店長に挨拶し、二人で店を後にする。

並んで夜道を歩きながら、悠は唇を尖《とが》らせた。

「もう、迎えになんか来なくていいって言ってるのに」

店長はお客が増えたと単純に喜んでいるが、洸熙が原因でなにかまたトラブルが起きるのではないかと気が気でない悠は、毎度げっそりと消耗《しょうもう》させられてしまうのだ。

もしや、自分にバイトを辞めさせるために騒動が起きるのを狙って通っているのではないかと一瞬疑ってしまうが。

「夜道でなんかあったらどうするんだ。それに……悠のいない部屋に帰っても、つまんねぇもん」

と、洸熙は拗《す》ねた口調で呟く。

どうやらそこまでの深い考えはなく、ただ単純に寂しくて来てしまうようだ。

悠の変身事件以来、洸熙はなんだか妙に大人しく、借りてきた猫ならぬ、借りてきたライオンのようだ。

あまりしょんぼりされてしまうと、こちらが悪いような気がして罪悪感が刺激される。

とはいえ、優しくしたらしたで途端につけあがるので、その匙《さじ》加減が難しいのだが。

「……わかったよ。今日は洸ちゃんの好きな炒飯作ってあげるから」

「炒飯も食いたいけど、バイトも辞めてほしい」

つい機嫌を取ってしまうと、ちゃっかり図々しいリクエストをしてくるので、「それは駄目」と一言《いちごん》の下《もと》に却下した。

「悠〜〜！」

「しゃんとしないと、炒飯も作ってあげないよ？」

どさくさに紛れて肩を抱こうとベタベタしてくる洸熙を突き放し、悠はさっさと帰り路の途中にある二十四時間営業のスーパーへ立ち寄る。

大学生活とバイトを両立させるには、時間のやりくりが必要だ。

手抜きにはなってしまうが、簡単でもなるべく自炊して栄養面を気を付け、かつ食費も倹約しなければ。

結局洸熙の部屋に居候させてもらって家賃がかからないことになっているので、せめて光熱費、食費等は節約したいと悠は生真面目に家計簿をつけ始めていた。

カートを手に、すばやく買い物に取りかかると。

「貸せよ」

洸熙が手を伸ばし、代わりにショッピングカートを押してくれる。

悠が来るまでスーパーなどには足を踏み入れたこともなく、食事も外食オンリーだったらしいが、最近では荷物持ちをしてくれる気なのか買い物には大抵《たいてい》同行してくれるのだ。

「……ありがと」

こういうところは優しいな、と思うのだが。

「こうしてると俺たち、新婚みたいだよな」

「……」

自分で上げた株をすぐさま下げるような発言をしてくるので、悠は相手にせず、必要な食材を次々とカートに入れていった。

すると、通りかかった棚で洸熙がなにかを見つけたようだ。

「悠、ホットケーキ焼いてくれ。昔、焼いてくれたよな？」

言われてみれば、炒飯以外のおやつの定番だったかもしれないと思い出す。

だが、なぜ洸熙は、これほど過去を懐かしむようなことばかり言うのだろう？

「いいけど、すごく簡単だよ？　自分でできると思うけど」

「俺は悠の焼いたのが食いたいんだよ」

「はいはい」

ホットケーキくらいでご機嫌が直るなら、安いものだ。

悠は棚からそのホットケーキミックスの箱を取り、カートに入れた。

後は牛乳と卵も買わなければ。

洸熙は見かけによらず牛乳が好きでがぶがぶ飲み、朝は目玉焼きを四つも食べるので十個パックの卵が二日でなくなってしまう。

食欲はやはり猛獣並みだなぁと考えながら、悠はどちらも二つずつカートに入れて先へ進んだ。

「僕も洸ちゃんの焼いてくれたの、食べてみたいけどね」

なにげなくそう呟くと、隣を歩いていた洸熙の動きが突然止まる。

「……本当か？」

「え……う、うん」

まさかそんなに深刻に受け止められるとは思わず、軽く思いつきで言っただけなのにな、と思いつつも悠は頷く。

「そうか、よしわかった。それ、俺が焼いてやるからな」

と、満面の笑顔で思いもせぬことを言われ、悠は驚いた。

「……洸ちゃん、できるの？」

「これから特訓する。楽しみに待ってろよ」

「……うん」

カートを押して歩きながら、洸熙が続ける。

「どっか、行きたいとこないか？　次休みが合う日に一緒に出かけよう。そうだな、悠はまだ来たばっかだから東京見物でもいいし、近場の温泉行ってもいいし」

「え……う、うん……」

突然そう誘われ、悠は曖昧に頷く。

「あ〜もっともっと、悠と一緒に出かけたり、家でゴロゴロしたりしたいなぁ。同居してんのに、ほとんど会えないなんてつまらない」

「洸ちゃん……」

一緒に出かけるのはともかく、家でゴロゴロなどしていたら襲われるに決まってると背筋が寒くなる。

とはいえ、洸熙が本当にそれを楽しみにしているのが伝わってきて、悠はまた罪悪感にちくちくと胸が痛み始めた。

もし自分があの部屋を出て入寮を考えているなんて知ったら、洸熙は逆上するのではないか。

それも想像するだけで怖ろしい。

思わず立ち止まってしまった悠を、洸熙が訝《いぶか》しげに見つめる。

「どうした？」

「う、ううん、なんでもない。レジ並んでくるから待ってて」

そうごまかし、悠は急いでカートを押してレジへ向かった。


その翌日、悠はキッチンで夕飯用のビーフシチューを煮込みながらリビングでレポートを書いていた。

今日は、洸熙は授業の後に仕事の打ち合わせがあるので遅くなるらしい。

なので心おきなく勉強に打ち込んでいると、ふいに玄関のインターフォンが鳴った。

誰だろうと思いながら応答すると、来訪者はなんと蜂谷だった。

「は〜い♡　その後、イメチェンの方はどう？　仕事早く上がったから様子見に来てあげたわよ〜。な〜んて、それにかこつけて、ホントは洸くんのおうちを拝見させてもらうのが目的なんだけど♡　上がっていい？」

と、玄関を開けるなり彼の独壇場《どくだんじょう》で、口を差し挟むこともできない悠はただこくこくと頷くしかない。

「あら、いい匂い。シチューかしら。お邪魔しま〜す」

案内を乞《こ》うまでもなく、蜂谷はさっさとリビングに辿り着き、悠然とソファーに座っている。

「今、お茶淹れますね」

「あ、私紅茶がいいわ。あるならアッサムでミルク入れてね」

すかさずリクエストされ、思わず笑ってしまう。

ちゃっかりしているがどこか憎めないので、悠は蜂谷の人柄には好感を持っていた。

幸い貰いもののアッサム紅茶があったので、お望み通りミルクティーを出してやる。

「で？　その後どうなの？　二人はラブラブなんでしょ？」

今回の訪問の一番の目的は、どうやらそれを聞き出すことのようだ。

「ち、違います！　僕たちはそんなんじゃありません」

すっかり誤解されているので、悠は慌てて否定した。

「あら、そうなの？　じゃ洸くんの片思いってこと？」

「……はぁ。こないだはいろいろご迷惑をおかけしてすみませんでした。べつに隠してたつもりはないんです。ただ、洸ちゃんがなんて言ってるのか知らなかったから……」

あらためて詫びを言い、頭を下げる。

「幼馴染《おさななじ》みのイトコと結婚の約束をしてて、これから一緒に住むんだってそりゃもう嬉しそうに毎日言ってたわよ。こっちはてっきり女の子のことだと思うじゃない？　もうほんとにびっくりしたわぁ」

「……すみません」

「ふん、まぁいいわ。洸くんがイマイチな子を連れて歩くの見るのは精神衛生上よくないもの。でも洸くんのオトコの趣味の悪さに、ちょっとだけ愛が冷めちゃったかも……こういうのって一生治らないのかしら……」

「……僕もそう思います」

蜂谷に言われなくたって、自分が一番よくわかってる。

なぜ彼はこんなに趣味が悪いのだろう？

清水の舞台から飛び降りたつもりでの変身だったのに、洸煕の態度はまったく変わらない。

完全に効果がなかったので悠は激しく落胆していた。

「あ、あらやだ。そんな落ち込まないでよ。まるで私がいじめたみたいじゃない」

と、そこへ玄関のインターフォンが鳴った。

また来客だ。

「はい」

今度は誰だろうと急いで応答に出ると、表示がエントランスではなく玄関となっている。

つまり、外部からの訪問客ではなく、マンション内部からの来訪者ということだ。

『悠か？　俺だ』

インターフォンからは聞き覚えのない声が聞こえてきたので、悠は首を傾げた。

「あの、すみませんがどちらの俺さまでしょうか？」

『神崎だよ、神崎駿』

するとそれを聞いていた蜂谷が、「あら、神崎ちゃん？」と言ったので、悠はようやく洸熙と大ゲンカをした先輩モデルの存在を思い出した。

いったい、なんの用事があるというのだろう？

もしかしたらまた洸熙にケンカを売りに来たのだろうか？

「な、なんのご用ですか？」

思い切り警戒してそう質問したが、『とにかく中入れてよ』と軽い調子で言われ、拍子抜けしてしまった。

迷ったが、今は蜂谷もいることだし、と思いきって玄関を開けてやる。

「よ、こないだはど～も」

すると部屋の前に立っていた神崎は、悠がなにか言うより先に半ば強引にずかずかと押し入ってきた。

「ちょ、ちょっと！」

「お邪魔しま～す、あれ、俺の部屋とずい分間取り違うんだな。俺の部屋、ここより二階上なんだよ」

などと言いながら、神崎は無遠慮に室内を見回している。

見かけは爽やかスポーツマン系だというのに、かなり神経は図太そうだ。

「ええっ⁉　神崎さんもこのマンションに住んでるんですか？」

「ああ、うちの事務所に所属してるタレント、けっこう住んでるよ。芸能人は大家が貸したがらないから、事務所が見つけてくれたとこに案外集中したりするんだよね」

そんな業界事情を解説しながら、彼は蜂谷の存在に気付く。

「あれ蜂谷さんじゃん？　ドーナッツ買ってきたから、一緒にどう？」

と、小脇に抱えてきたドーナツの箱をテーブルの上に置く。

「あら、いいわね。私ここのドーナッツ好きなのよ」

二人は勝手に盛り上がり、神崎はさっさとテーブルに着いているので、悠はやむなくキッチンで彼の分のコーヒーを淹れてきた。

「や、悪いね」

「あの……それでご用は？　今洸ちゃんはいないんですけど」

「ああ、知ってる。だから来たんだ」

「え？」

「いや、なんでもない。こないだは失礼なこと言って悪かったな。今日はきみに謝りに来たんだ」

と、思いがけないことを言い出すので、悠は却《かえ》って狼狽《ろうばい》してしまった。

「そ、そんな……別にわざわざよかったのに」

「でさ、今度の日曜、どっか行かないか？」

「え……？」

唐突な誘いに、悠は言葉を失う。

あれだけ洸熙と険悪だというのに、彼の従弟である自分を誘うとは、いったいどういうつもりなのだろう？

「悠の行きたいとこでいいよ。どこでも付き合うからさ」

と、いつのまにか名前まで呼び捨てにされる始末だ。

「う、嬉しいけどその……洸ちゃんが……」

洸煕を理由に、やんわり断ろうとするが。

「あいつのことは気にするな。俺も気にしないから」

「はぁ……」

そっちは気にしなくても、こっちは気になるのだが、と心の中で呟く。

「あいつとはただの従兄弟で、恋人じゃないんだろ？」

「も、もちろんです！」

今日は同じことをよく確認される日だ。

すると脇でそのやりとりを聞いていた蜂谷が、興味津々で口を挟んでくる。

「あら神崎くん、そっちもイケるクチなわけ？」

「俺？　フレンチでも中華でも、おいしいもんはなんでも好き♡」

「へぇ、まぁモデル業界は多いからね」

と、二人はなにやら悠には意味不明の会話を続けている。

ただでさえ厄介なことになっているのに、これ以上面倒なことになって、また洸煕がキレるのはまっぴらだった。

どう言えばわかってもらえるのか悩んでいると、神崎はテーブルに片肘を突き、そんな悠を眺めてため息をつく。

「こんなに可愛いなんて反則だよな。どうして最初に気付かなかったんだろ、あの眼鏡が悪いんだ、絶対。もう蜂谷さん、天才」

「でしょ？　素材はいいって、私は最初から見抜いてたわよぉ」

困惑する悠をよそに、二人はさらに盛り上がっていた。

――――な、なにこれ……!?

思わず神崎を見ると、熱い眼差しでじっと見つめ返され、慌てて視線を逸らす。

この視線には憶えがある。

すなわち、洸熙と同じなのだ。

初対面で自分をけなした男が、今ではうっとりと見とれている。

あまりの急展開に、頭がついていかなかった。

そのうち神崎が、リビングのオーディオセットに興味を示し、そちらを弄《いじ》り出したので、その隙にこっそり蜂谷に小声で聞いてみる。

「あの……もしかしてさっきのって、デートのお誘いだったんでしょうか？」

「あらやだ、なんだと思ってたの？　天然さんねぇ」

色恋沙汰には聡《さと》そうな蜂谷は、にやりと人の悪い笑みを浮かべた。

「人生のモテ期到来ね。私のおかげよ。感謝なさい」

感謝しろと言われても、悠にとってはさらに事態がややこしくなっただけ、どちらかといえばありがた迷惑な展開である。

「あ、ありがとうございます」

それでも律儀にお礼を言ってしまうところが、悠らしかった。

おかしい。

洸熙に嫌いになってもらうための変身だったのに、事態は思わぬ方向へ向かっているようだ。

それから、神崎は「好きな映画は？」とか「好きな食べ物は？」などとあれこれリサーチをかけてきて、そういった経験が今まで皆無だった悠は戸惑うばかりだった。

と、そこへ三度インターフォンが鳴る。

今回に限っては、内心ひやりとした。

予定よりやや早いが、今度こそ洸熙が帰ってきたのだ。

また神崎とケンカを始めてしまったらどうしよう、と思いつつ、悠は玄関の鍵を開けて出迎えてやる。

「ただいま、悠」

「お帰り……あ、あのね」

「なんだよ？　客か？」

玄関の見慣れぬ靴二足に気付き、洸熙がまっすぐリビングへと向かう。

そして神崎の存在に気付くと半眼状態になった。

「……目の錯覚かな。世界一見たくない顔がうちのリビングにいるんだが」

「ちっ、もう帰ってきたのか。こっちだっておまえの顔なんか見たくなかったね。俺は悠を誘いに来ただけだから」

「なんだと⁉」

暗に悠狙いだとほのめかされ、洸熙が般若《はんにゃ》の形相になる。

「てめぇ、よりによって俺の悠にちょっかい出そうなんざ、生きてここから出られると思うなよ⁉」

「へぇ、聞いたところじゃきみたちはただの従兄弟なんだろう？　悠がそう言ってたよ？」

こちらに振られても困る、と慌てると、洸熙がこの世の終わりのような顔をして迫ってきた。

「本当か⁉」

「……だって、ほんとにそうだし」

「『まだ』だろ⁉　俺への気持ちを再確認してる最中で、これから恋人になるって言った！」

「……なるとは断言してないよ？」

ノーと明言してしまえば角《かど》が立ち、後が大変になるのは目に見えている。

せめて寮に空きが出るまでの間、はぐらかして乗り切りたかった悠だったが、ここで詰め寄られて窮地《きゅうち》に陥《おちい》った。

「そうだ……！　それより皆でごはん食べませんか？　シチュー、いっぱい作ったし」

なんとかこの雰囲気から逃れようと、苦し紛《まぎ》れにそう提案すると、真っ先に反応した神崎が短く口笛を吹いた。

「マジで？　悠の手料理が食べられるなんてラッキーだな」

「図々しいんだよ！　てめぇだけ帰りやがれっ」

「ふん、悠が誘ってくれてるんだ。喜んでご馳走になるに決まってるだろ。嫌ならおまえが出ていけばいい」

「なんでだよ！　ここは俺の家だっ」

「ケ、ケンカする人には……ビーフシチューのお肉抜きだからね！」

なんとか騒ぎを止めたくて、破れかぶれに叫ぶと、二人はぴたりと言い争いを終了した。

意外に効果があったようだ。

不穏な睨み合いを続けながらも、二人がとにかくダイニングテーブルに着いたので、悠は急いで人数分の食器を用意し、夕食の支度を整えた。

この気まずさをごまかせるなら、今からフレンチのフルコースを作れと言われても嬉々として従うだろう。

「た、たくさん食べてくださいね」

多めに作っておいてよかった、とシチューもごはんも全員大盛りで出してやる。

「いただきます！」

とりあえず全員空腹だったのか、見ていて気持ちいいほどのがっつきぶりだ。

「わ、すごくおいしいわよ！」

「本当だ。悠は料理上手なんだな」

と、すかさず神崎が褒めてくるので、頼むから洸熙を刺激してくれるなと心の中で祈る。

「いえ……それ、市販のルー使ってるんで」

なので料理上手もなにもないものだが、神崎は大仰《おおぎょう》に首を横に振った。

「いや、悠の愛情が入ってるから、格別の味になってると思うよ」

「……てめぇ、俺の悠を気安く呼び捨てにすんなっつってんだろうが！」

と、洸熙が椅子を蹴立《けた》てて立ち上がるので。

「ケンカ吹っかける人は、お肉抜き続行だから」

すかさずそう釘を刺すと、洸熙は憤懣《ふんまん》やる方ない様子で押し黙り、大人しく椅子に座り直す。

そして、

「悠のシチュー、すごくうまい」と呟いた。

「でも意外。モデル業界はゲイが多いとはいえ、まさか神崎くんと洸くんも男に走るとはねぇ」

どうしてそのベクトルが私の方に向かないのかしらね、と蜂谷がぶつぶつ文句を言っている。

すると洸熙が、真顔でそれを否定した。

「誤解してないでくれ、俺はゲイじゃない。ただ悠が好きなだけだ。俺にとって恋愛対象の人類が悠だってだけの話だ」

「そ、そうなの？　すごい惚《ほ》れ込みようね」

並々ならぬその思い入れに、蜂谷は軽く引き気味だ。

「そこまで好きになったきっかけはなにかあるの？」

なにげない彼の問いに、洸熙はスプーンを動かす手を止め、なぜか悠をちらりと見た。

そして。

「……教えない」

とぶっきらぼうに呟き、空《から》になった皿を手にシチューのお代わりをよそいにキッチンへ行ってしまった。

「でもさ、交際ってのは両思いにならないと始まらないだろ。悠が他の奴好きになったらどうするんだよ」

神崎がキッチンにいる洸熙に聞こえるように、そう挑発する。

間に挟まれる悠は、ハラハラさせられ通しで食べた気がしなかった。

やがて、皿を手に戻ってきた洸熙が席に戻る。

「悠を誰にも渡す気はないがな、もし、もしも万が一だぞ？　俺以外の奴を悠が好きになったとしたら……」

想像だけで死ねる！　とテーブルにつっぷした後、洸熙は息も絶え絶えに続ける。

「宇宙一悠を大事にして、宇宙一悠をしあわせにする奴じゃなきゃ、俺は絶対認めないからな……!?」

「あらあら、愛されてるわねぇ、羨ましいこと」

蜂谷に茶々を入れられ、悠は恥ずかしさに耳まで紅《あか》くなった。

――洸ちゃんってば……。

こんな平凡で取り柄のない自分を、どうしてここまで好いてくれるのか不思議でたまらない。

洸熙ほどの容姿やスペックがあれば、それこそどんな可愛い女の子だろうが選《よ》り取《ど》り見《み》取《ど》りなはずなのに。

こんなに想ってくれている洸熙を、自分は避けることばかり考えている。

寮の部屋に空きが出るまでの間、なんとかしのげればいいと思っている。

あまりに自分がひどい人間のように思えて、その罪悪感でちくちくと胸が痛んだ。

　なんだかんだと揉めながらも四人での夕食を終え、神崎と蜂谷は帰っていった。

　後片付けをしていると、無言で洸熙もキッチンへやってきて食器洗浄機に皿をセットするのを手伝ってくれる。

「……ありがと」

　神崎とのことで機嫌が悪そうなので、なるべく話しかけられないように急いで済ませてしまう。

「神崎とデートするのか？」

「するわけないだろ」

　予想通りの質問がきたので、きっぱり否定した。

「そうか」

　その返事は嬉しかったらしく、洸熙は一転して笑顔になる。

「で、眼鏡に戻さないのか？」

「戻さないよ」

　まだ言ってるのかと呆れて、これに関しても一刀両断してやった。

「でもそのままじゃ、大学でだって悪い虫が寄ってくる」

「ないってば。僕、自慢じゃないけど、今まで男の人にも女の人にもモテたことないんだからね」

自分で言っていて虚しくなる。

「心配だな……」

それでもまだ洸煕はぶつぶつ言っていたが、洸煕の妄想はいちいち聞いていられないとまるっと無視した。

「あ、あのさ……さっきの話なんだけど、いつからその……僕のこと、そういう風に思うようになったの？」

さっきの蜂谷の質問になぜか洸煕が答えなかったのが気になって、そう尋ねてみると、彼はなぜか少し悲しげな表情になった。

「……やっぱり憶えてないのか」

「え……？」

その呟きが、妙に心に引っかかる。

思わず聞き返したが、すぐに「なんでもない、内緒だ」と笑ってごまかされてしまう。

なぜ教えてくれないのだろう、と不思議だったが、洸煕が突然話題を変えた。

「それより……なんか悠、俺より神崎の方に優しい気がする」

「そ、そんなことないよ？」

いきなり図星を指され、思わず声が裏返る。

「なら、俺のが大事か？　好きか？」

「……う、う～ん」

嘘でもそうだと言っておけばいいものを、根が正直な悠はつい明言を避けて首を傾げてしまう。

その曖昧な態度が、洸熙をかっとさせたようだった。

二の腕を摑まれ、やや乱暴に引き寄せられる。

「洸ちゃん……？」

腕にぐっと力が込められ、痛い、と言おうと顔を上げると、強い力で抱き竦《すく》められてしまった。

なにが起きているのか理解するより早く、唇に強い圧迫が来る。

キス、されているのだとようやく呑み込めたのは、しばらく経ってからのことだった。

このところ洸熙が大人しかったので、完全に油断していたと後悔してもあとのまつりだ。

「ん……ぅ……っ」

そのままソファーに押し倒され、彼の腕からなんとか逃れようと渾身《こんしん》の力を振り絞ってもがくが、悲しいかなびくともしない。

力尽くで抵抗を封じられたまま、悠は思うさま洸熈に唇を貪《むさぼ》られた。

息継ぎもうまくできず、酸欠になりながら喘《あえ》ぐが、すぐに追いすがられ、また唇を塞《ふさ》がれる。

「……は……ぁ」

いつしか頭の中が真っ白になっていて、くらくらと眩暈《めまい》がした。

それが、恐らく『気持ちがいい』という感覚なのだと気付いた時、悠は猛烈な自己嫌悪に陥る。

洸熈から逃げようとばかりしているくせに、彼にこうされて感じてしまうなんて、もしかしたら自分はひどい淫乱《いんらん》なのではないだろうか？

そんな絶望に打ちひしがれた。

長い長いキスの末、ようやく洸熈が息を弾ませながら顔を上げる。

「悠……」

彼の顔を目近で見ているうちにだんだんムカっ腹が立ってきて、悠は叫ぶ。

「洸ちゃんのバカ……！　待つって言ったくせに、また約束破った！」

「約束なんか知るか。どんだけ俺が我慢してると思ってるんだ。俺は毎日だって悠をこうしたいのに」

「ぼ、僕の意志はどうなるんだよ!?」

喚いて、また洸熙を押しのけようと藻掻《もが》いたが、悠の足の間に膝を割り込ませていた彼がふと真顔になった。

「悠、勃《た》ってる」

指摘され、かっと頬が上気する。

信じられないことに、今のキスで下半身が反応してしまったのだ。

「……っ！」

ただちに跳ね起き、そのままトイレに行こうとした悠を、洸熙がすかさず腕を伸ばして抱き戻す。

「は、放してよ！」

こうなってしまったら、自分で処理するしかないので焦《あせ》っていた悠だったが、次の洸熙のセリフに全身が凍りつく。

「俺がしてやる」

「……は？　ちょ、ちょっと!?」

驚きのあまり反応が遅れた間に、洸熙の手は手際よくさっさと悠のベルトを外し、ジーンズの前をはだけさせていた。

「や、やだ……！」

「じっとしてろ。痛いことはしないから」

「……ぁ……」

洸熙がためらいもなく下着の中に手を差し入れ、反応しかけている屹立《きつりつ》を露出させる。

「久しぶりに悠の見た。可愛いな」

「や……見るなよ……っ」

必死で手で隠そうとするが、それより先にやんわりと彼の手の中に握り込まれてしまった。

「ひっ……」

生まれて初めて他人の手に触れられ、その感触にびくりと反応する。

急所を握られてしまっているので、本気での抵抗もできず悠は身を震わせることしかできなかった。

「やだ……やめてよぉ……っ」

「神崎なんかに優しくした罰《ばつ》だ。少し我慢しろ」

舌舐《な》めずりせんばかりの勢いで、洸熙がのしかかってくる。

それはまさに獲物のウサギを追い詰めたライオンの表情だ。

がっちりと下肢《かし》を押さえ込んで悠の抵抗を封じた後、そのシャツの襟元《えりもと》を噛み、引き千切る勢いでボタンを外して、洸熙は剝《む》き出しになった悠の胸に舌を這《は》わせてきた。

「ひゃ……っ」

剝き出しに晒《さら》された薄い胸の尖りを、交互に口に含まれ、舌先で弄《もてあそ》ばれる。

今まで存在を意識したこともなかった器官を刺激され、ぞくりと肌が粟立《あわだ》った。

それが嫌悪感なのか快感なのか判断できないうちに、洸熙がまるで乳を求める赤子のように夢中で吸いついてくる。

それだけでも心臓が爆発してしまいそうなくらいなのに、彼は片手に握り込んだ屹立まで刺激し始めるので、悠のパニックは頂点に達していた。

「やぁ……っ、やめて、洸ちゃん……」

「くっそ、すげぇ可愛いぜ。悠」

半泣きで訴えても、ますます洸熙の情欲を煽《あお》っただけに終わり、大きな手の中でいいように弄ばれてしまう。

快感に慣れていない身には、ひとたまりもない。

「ほんとに放して……も、出ちゃ……」

半泣きで、そう訴えるが。

「いいぞ、出せよ」

欲望に掠《かす》れた声音で、洸熙がそう煽る。

その吐息にすら、ぞくりと感じてしまって。

「う……あぁぁ……っ！」

もはや我慢の限界だった。

悲鳴を上げ、悠は無意識のうちに四肢《しし》を震わせながら洸熙にしがみつく。

彼の手の中に蜜を迸《ほとばし》らせ、すべてが終わった時には、あまりの快感にしばらく茫然自失状態だった。

そのまま呆《ほう》けていると、目の前の洸熙が蜜にまみれた自分の手をぺろりと舐める。

それを見て、血の気が一気に引いた。

「な、なんてことするんだよ⁉」

慌てて手近にあったティッシュの箱を引き寄せ、彼の手のひらを拭《ぬぐ》う。

「そんなのいいから」

そのまま身体を起こそうとした悠を、洸熙が強引に引き戻して背中から抱き込む。

だらしなくはだけさせられたシャツの襟首に鼻先を押しつけられ、悠は赤面した。

「に、匂い嗅《か》がないでよっ」

「いやだ。俺は悠の匂いが好きなんだ」

押しのけようとしても、洸熙は頑《がん》として離れず、悠の首筋に鼻先を埋めて動かない。

しばらく抵抗したが力では敵《かな》わないので、悠はあきらめて脱力した。

それよりも今自分が体験した、想像以上の快感に頭の中が一杯だった。

「懐かしいな……ガキの頃、よくこうしてたよな」

い。

「……」

快感の余韻《よいん》でぼんやりしていても、背中から彼の体温が伝わってきてひどく落ち着かない。

彼に触れられ、また身体が反応を示してしまうのではないか。

悠にとってはそれが一番怖ろしかった。

違う、あれは単なる身体の誤作動だ。

最近はなにかと忙しくて、自分で処理もしていなかった自覚もある。

ただの生理的欲求を刺激され、たまたまああなってしまっただけなのだ。

必死でそう自分に言い聞かせていると。

「気持ちよかったか？」

背後から実にデリカシーのない質問をされ、今度はようやくじわじわとした怒りが込み上げてきた。

その手を無理やり振りほどき。

「……洸ちゃんのバカっ！」

渾身の蹴りを繰り出すと、それがみごとに洸熙の腹部にヒットする。

すると「どぅわっ！」という奇妙な悲鳴を上げ、彼は背後にあったソファーに激突した。

その隙に、脱がされた衣服を掻き合わせ、走って自室に逃げ込む。

しっかり鍵をかけても、まだ心臓が破裂してしまいそうなほどバクバクと波打っている。

――し、信じられないっ、あんなことするなんて……！

恋愛にはからきし奥手で、今まで女の子の手を握った経験すらなかった悠にとっては、洸熙にされたあれこれはカルチャーショックに等しかった。

しばらく悶々としているうちに、感情は衝撃と自己嫌悪を行ったり来たりを繰り返す。

すると。

「悠」

ふいにドアの向こうから声をかけられ、悠はびくりと身を震わせた。

「ごめんな。俺、ちょっと舞い上がってて。だって悠が俺とのキスで……」

「わ～～っ！　それ以上言うな！」

またとんでもないことを口にされそうで、慌てて大声でそれを遮る。

「なんでもいいから、あっち行ってよ！　一人にして！」

「……」

そう叫ぶと、返事はなかったので、あきらめて立ち去ったようだ。

すると次第に、再び腹立ちが込み上げてきて。

悠は半ベソを掻きながら画用紙とサインペンを取り出す。

部屋の扉に『ケダモノ入室お断り』とでかでかと書いた紙を張り、悠はそれから再び部屋に籠城《ろうじょう》を決め込んだ。


それから、どれくらい時間が経ったのだろう。

ぐずぐずとベッドで落ち込んでいるうちに、悠はいつのまにか眠ってしまったようでふと目を覚ました。

時計を見ると、もう深夜一時過ぎだった。

泣き腫《は》らした目をこすりながらも起き上がった悠は、眠る前にシャワーが浴びたくて部屋のドアを開けた。

するとドアの向こうになにかが引っ掛かっている抵抗があり、開かない。

廊下にはなにも物を置いていなかったので、不思議に思いながらも力を込めて押し返すと。

「……う……ん」

足元の方から洸熙の声が聞こえてきたので、ぎょっとした。

見ると、部屋の前の廊下でドアに寄りかかって眠り込んでいたようだ。

「……悠」

押された拍子に目が醒めたのか、洸熙も寝ぼけ眼《まなこ》で立ち上がる。

「……なにしてんの、こんなとこで」

「なんか心配で。ちょっとでもそばにいたかったんだ」

「……」

こんな廊下で寝るなんて、風邪を引いたらどうする気だと言いかけ、悠は口を噤《つぐ》んだ。

こんなケダモノの身体の心配をしてやる必要はない。

約束破りは風邪でもなんでも引いてしまえばいいのだ。

そう心を鬼にし、その存在を無視してバスルームへ直行する。

きっちり鍵をかけ、シャワーを浴びて寝巻用のスウエットに着替えてからバスルームを出ると、廊下では洸熙が待ち構えていた。

「なぁ……いいかげん機嫌直せよ」

「……」

なにを言われても無視、ひたすら無視だ。

悠が地蔵のごとく反応しないので、焦《じ》れた洸熙が近距離までぐっと迫ってきた。

「俺が悪かったって」

「嘘だ。悪いなんて、ぜんぜん思ってないくせに」

顔が近い、と悠は両手で邪険に彼を押し戻す。

またキスされてはたまらない。

「そりゃまぁ、好きな子と同棲してたら、ふつうは辛抱《しんぼう》たまらんだろ？」

と、案の定まったく悪びれる様子がないので、悠の堪忍袋の緒がぷつりと切れた。

「同棲じゃない！　同居だろ？　洸ちゃんって、いつもそうだよね。僕がなんでも自分の思い通りになる家来だと思ってるんだ。僕にだって自分の意志があるんだから！」

憤りに任せて叫ぶと、洸熙はひどくショックを受けた様子だった。

「悠……」

どうして、こんなに胸の中がぐちゃぐちゃになってしまうんだろう？

彼に触れられてから、なんだかおかしい。

それもこれもすべてあんなことをした洸熙のせいだと、なにもかも責任転嫁《てんか》してしまいたかった。

「……今度僕に指一本でも触ったら、ここ出て行くから。本気だからね」

ついに決定的な言葉を口にすると、廊下にしん、と沈黙が降りた。

「……そんなに俺が嫌いか？」

悲しげなその問いに、悠は答えられなかった。

代わりに、かたくなに背中を向ける。

「……俺は悠を家来だなんて、一度も思ったことない」

それだけ言い残し、洸熙は悄然《しょうぜん》と自室へ戻って行った。

悪いのは洸熙のはずなのに、なぜこんなに胸がちくちくと痛むのだろう？

もう自己嫌悪しか湧いてこなくて、部屋に戻った悠は布団をひっかぶって不貞寝《ふてね》するしかなかった。


翌朝、起き出してみると既に洸熙は出かけた後だった。

顔を合わせずに済んでほっとしながら、ダイニングに向かうと、キッチンから甘い残り香が漂ってくる。

「……？」

こんなに早くからなにを作っていたのだろう、と訝しみながらキッチンを覗いてみると、ダイニングテーブルの上には少し焦《こ》げた不格好なホットケーキが皿の上に二枚乗せられていた。

彼なりの、謝罪のつもりなのだろうか。

約束していたホットケーキを、彼が苦労して焼いてくれていったのだと悟ると、胸が締め付けられる思いがした。

皿に手を触れてみると、まだ温かい。

胸がつまったが、せっかくなので温かいうちにとメイプルシロップとバターを添えて一口食べる。

久しぶりに食べたホットケーキは、懐かしい味がした。

ありがたくそれを平らげ、悠も身仕度を整えて大学へ向かう。

だが、講義中もふと考えてしまうのは昨晩のことばかりだ。

洸熙の、大きな手や唇の感触。

まるで宝物をいとおしむかのような、優しい触れ方。

それら一つ一つを、いつのまにか反芻《はんすう》してしまっている。

ぼうっとしているうちに終了のチャイムが鳴り、はっと我に返った。

朝から教授の解説は少しも頭に入らず、悠はため息をつく。

――いったい、なにやってんだろ……。

あれから考えるのは、洸熙のことばかりだ。

あんなに避けておきながらこれではまるで、身体に触れられて気持ちがよかったから彼のことが気になり始めたようなものではないか。

――なんか、いろいろ最悪なんだけど……。

こういうのって、なんだかフシダラな気がする。

元々頭の固い悠は、自分が最低の人間になったような気がしてますます自己嫌悪に陥る。

生徒たちが次々を席を立つのをよそに、席でぼんやりしていると、同じ講義を取っていた女子三人がなぜか駆け寄ってきた。

そして、唐突に言う。

「ね、今日皆でカラオケ行くんだけど、河原崎くんも一緒に行かない？」

「え……？」

女子に遊びに誘われるなんて、まさに青天の霹靂で一瞬ぽかんとしてしまう。

慌てて周囲を見回すが、背後には誰もいなかったので自分が誘われているのだとようやく実感できた。

「僕なんかが参加しても、いいの……？」

今まで女子に誘われた経験が皆無の悠は、ついそう確認してしまう。

「もちろんよ。皆、河原崎くんと話してみたいって言ってるし」

「最近急に変わったよね。こんなにかっこよかったんだって皆びっくりしてるよ」

「そ、そうかな？」

「うん、ほんとほんと」

ついに、自分にも人生の春が訪れたのだろうか。

女子たちに褒めそやされ、悠は一瞬有頂天《うちょうてん》になった。

ちょうど家には帰りたくなかったし、いい時間潰しになるかもしれない。

恥ずかしいことに、人見知りでなかなか親しい友人も作れない悠は、まだ上京してから仲間同士でのカラオケすら未体験だった。

これもいい機会かもしれない、と思い切って頷く。

「僕が行っても迷惑じゃないなら……行かせてもらおうかな」

「ぜんぜん迷惑じゃないよぉ」

「早く行こ！」

女子たちにせかされ、悠は初めて大学の同期生たちとのカラオケに参加することになった。


「じゃ〜ん！　今日の主賓は河原崎くんで〜す」

講義が終わり、大学近くの駅前繁華街にあるカラオケボックスに到着すると、まずそう紹介されてしまったので、人に注目されることに慣れていない悠はどぎまぎしてしまう。

悠を合わせて男子四人に、女子が五人。

女子たちは大いに盛り上がっているが、男子たちは彼女らの関心が悠にあるのが気に入らないのかやや白けたムードだ。

が、中には参考にしようと考えたのか、どこのブランドの服を着ているのか、美容室はどこなどと根掘り葉掘りリサーチしてくるツワモノもいた。

初めは高揚《こうよう》した気分を楽しいと錯覚していた悠だったが、次第に落ち着いてくると一人冷静になっている自分に気付く。

もともと歌は苦手だし、流行《はや》りの曲もよく知らない。

なにより、『ダサメガネ』の頃は鼻も引っかけてくれなかった面々が、ほんの少し変身しただけで手のひらを返したように態度を変えてきたことが驚きだった。

だが、それは結局自分の外見だけを見ていて、中身はどうでもいいということなのではないだろうか？

——洸ちゃんは、ダサメガネの僕がいいって言ってくれるんだよな……。

ふと、その重要性に気付いた。

見かけがどう変わっても、彼の気持ちも態度も変わらない。

そう考えると、いつまでも根に持っている自分がひどく心が狭い人間のような気がしてきた。

だが、一度怒ってしまった手前引っ込みがつかない。

今さら、どう普通に振る舞えばいいのかわからなかった。

そんなことをつらつらと考えているうちにカラオケはお開きになり、それから皆に食事に行こうと誘われたが、早く帰らなければいけないからと断った。

皆と別れて一人になった途端、ほっとする。

女の子にちやほやされることが、想像していたよりも楽しくなかったのが意外だった。

やはり、自分にはああいう場は不向きなのかもしれない。

なんだか肩が凝《こ》ってしまったな、と悠は大きく伸びをする。

緊張でスナック菓子を少し摘《つ》まんだだけなので、かなり空腹だった。

――早く帰って炒飯作ろうかな。

せめてもの仲直りのきっかけ作りも兼ねて、今日は洸熙の大好きなレタス炒飯を作ってやろう。

悠は幾分《いくぶん》早足で、地下鉄の駅へと急いだ。


だが、蹴りまで入れてしまった上ひどいことを言ってしまったので、なんと切り出していいかわからない。

それに仲直りしたとして、だからといって洸熙の嫁になれるかというと、それはまた別の話である。

結局彼の期待に応えられないのなら、寮に入れるようになるまでこのまま微妙な距離を置いた関係でいた方がいいのではないか。

炒飯を作りながら、悠は悶々《もんもん》と悩む。

作り終えても答えは出ず、ぼんやり洸熙の帰りを待ったが、なかなか帰ってこない。

いつしか、時計は夜中の十二時を過ぎていた。

いつも大学後に仕事があっても、ここまでは遅くならないのにおかしいな、と思いつつ、悠は待ち続ける。

そして一時を回った頃、ようやく玄関の鍵が開く音がしたので、急いで玄関へ向かった。

「お帰り、遅かったね」

思い切って、昨日のことなどなかったように声をかけると、逆に洸熙の方がつと目線を逸らした。

「……まだ起きてたのか」

「うん。ごはんは……？」

「済ませてきた」

「……そうなんだ」

ケンカをした翌日に、自分が料理を作って待っているとは思わなかったのだろう。

「あ、あと……ホットケーキありがと。おいしかった」

まず礼を言わなければ、と焦ってそう告げるが、洸熙の方はああ、と頷いてみせただけだ。

ダイニングテーブルの上に用意された食事に気付くと、洸熙はまた居心地が悪そうに顔を背《そむ》けた。

彼が自分と目を合わせないようにしているのが伝わってきて、ズキリと胸が痛む。

そして視線を交わさないまま、洸熙がぼそりと言った。

「もう無理して俺の飯作らなくていいから。今まで悪かったな」

あんなに手料理を食べたがっていたくせに、いきなりそんなことを言われ、悠は茫然としてしまう。

「それと、しばらくツレんとこに泊めてもらうことにしたから」

彼がなにを言っているのか、一瞬理解できなかった。

「……え?」

「俺がいると、安心して寝られないだろ?　部屋にあるもんは、なんでも好きに使っていいから」

それだけ言い残し、洸熙は自分の部屋へ行ってしまう。

どうやら着替えを取りに戻っただけらしい。

数日分の着替えを入れたバッグを提《さ》げ、そのまままっすぐ玄関へ向かおうとするので、思わず叫んでいた。

「ど、どうして……？」

するど、戻ってから初めて、洸熙が自分の目を見つめ、足を止める。

「……俺さ、そういうとこ、器用じゃねぇんだ。悠の顔見ればキスしたくなるし、抱きたくなる。だったら会わないようにするしかないだろ」

「洸ちゃん……」

「なんか困ったことがあったら、電話しろ。すぐに駆け付けるから」

こんなこと、なんでもないから、と言いたげに故意に軽い口調で言われ、悠はぎゅっと唇を嚙む。

「でも……だったら僕が出て行くのが筋だよ。洸ちゃんが出て行くことな……」

「駄目だ！　おまえはここにいろ」

思いのほか強い調子で言われ、びくりと身体が震える。

大声を出したことを後悔したのか、洸熙が声のトーンを落とした。

「……悪い。けど、頼むからここにいてくれ。往生際《おうじょうぎわ》が悪いのはわかってるが、おまえによそに行かれるのはまだ耐えられない」

「洸ちゃん……」

そばにいることはできない。

けれど他の誰かの物になるのも許せない。

これが洸熙なりの、ぎりぎりの譲歩《じょうほ》策なのだろう。

こんなに彼を苦しめているのかと思うと、申し訳なさで胸が一杯になる。

「……ごめん」

「謝るなよ、悠はなんにも悪くない。皆、俺が悪いんだ。ごめんな」

二人の間に、気まずい沈黙が落ち。

「……しばらくして頭が冷えたら、戻ってくる」

それだけ言い残し、洸熙は足早に出て行った。

玄関の閉まる音を聞きながら、悠はどうしていいかわからず、その場に立ち尽くすしかなかった。

◇　◇　◇

それから一週間。

洸熙は一度もマンションに戻ってくることはなく、悠は必然的に一人暮らし状態になってしまった。

大学とバイトで日中は気が紛れるが、夜部屋に戻るとひしひしと孤独が押し寄せてくる。

「……ただいま」

今日も誰も待つ者はいないと知りつつ、玄関を開けるまではもしかしたら洸熙の靴があるのではないかと期待してしまう。

そして、空っぽの玄関を見てまた落胆するのだ。

一人きりにはこのマンションは広すぎて、ひどく居心地が悪い。

洸熙が出て行って、彼のマネージャーの林から自宅の電話に連絡があった。

洸熙がここに帰っていないことは知っているようだったが、どうやら仕事中も怖ろしく機嫌が悪いらしく、『悠さんと暮らし始めてから、ものすごく安定してきてたのに、今の荒れっぷりは昔以上なんですよ。お願いだから早く仲直りしてください』と泣きつかれた。

迷惑をかけて申し訳ないとは思いつつも、悠にはなすすべもない。

帰宅してすぐ、悠はシャワーを浴びて部屋着に着替え、テレビを点けたリビングでもそもそと買ってきたコンビニ弁当を食べた。

一人ではなにも作る気がしなくて、このところまた買い弁続きのため野菜不足で口内炎ができてしまった。

「はぁ……」

味気ない食事を終え、悠はだらりとソファーの上に横たわる。

音がしないのが嫌で、家にいる時はついテレビを点けるのも習慣になってしまった。

本当なら、予定通り一人暮らしをしていたらとうに独りに慣れていたはずなのに。

洸熙の不在に、こんなにも寂しいと感じてしまう自分が情けなかった。

点けっぱなしのテレビ番組ではコマーシャルが流れ、漫然と眺めているうちに洸熙が出演する男性用香水のCMが流れる。

――今はテレビの中でしか、会えないなんて……。

食い入るようにそれを眺め、悠はため息をつく。

これでは、故郷と東京で離れ離れに暮らしていた頃と同じだ。

――ヘンなの……洸ちゃんと一緒にいるの、あんなに気詰まりだったくせに。

なのになぜ、こんなにも寂しいのだろう？

大好きな勉強をする気にもなれなくて、早々に部屋に引き揚《あ》げ、ベッドに入る。

この日は授業が終わってから深夜近くまでのシフトだったので、身体は疲れているはずなのになかなか睡魔《すいま》は訪れなかった。

枕元に置いた携帯電話を時折ちらりと見るが、相変わらず着信はない。

なにかあったらいつでもかけろと言ったくせに、自分からは一度もかけてこないなんて、と洸熙に腹を立てる。

毎日びくびくと怯《おび》えて暮らしていたはずなのに、思い出すのは屈託のない彼の笑顔ばかりだ。

何度も寝返りを打つうちに、努めて考えないようにしていても自然とあの晩のできごとを反芻してしまう。

——思い出しちゃ、駄目なのに……。

いけない、と思いつつも、あの時の洸熙の手の感触がよみがえり、若い身体はすぐに反応を示してしまう。

洸熙との行為を思い出しながら自慰《じい》をしてしまうなんて、ありえない。

理性がブレーキをかけるが、暴走する身体は既に収まりがつかないところまで来てしまっていた。

彼の体温や、どうやって自分を追い上げていったか記憶を辿りながら手を動かせば、まるでまた洸熙にこうされているような錯覚に陥ってしまう。

「……ぁ……っ」

そう想像しただけで、あまりの快感に思わず声が漏れる。

俗に言う、今までのオカズはグラビア雑誌の女性タレントなどが定番だったのだが、洸熙とのことを反芻しながらするのとでは快感に格段の差があった。

これはやはり、実体験が伴《ともな》ったからなのだろうか？

いつしか悠は、その行為に夢中になっていた。

「洸ちゃ……っ」

絶頂を迎える瞬間、無意識のうちに彼の名を呼んでしまい、その罪悪感たるや半端ではなかった。

快感も一気に引いてしまい、悠はひどく落ち込みながらティッシュで後始末を済ませて洗面所で手を洗った。

——洸ちゃん、今頃なにしてるのかな……。

食事はちゃんと摂っているのだろうか。

ちゃんと眠っているのだろうか。

そんなことばかりが気にかかるが、彼の想いを退《しりぞ》けた自分にはそんなことを心配する資格はないのかもしれないと思うとさらに落ち込む。

自分はいったい、どうしたいのだろう？

どうすればいいのだろう？

洸熙の想いを受け入れたいのか、受け入れたくないのか、自分で自分の気持ちがよくわからず、悠は戸惑うばかりだった。

こんな最低な気分の時には、もう寝てしまうしかない。

布団に潜《もぐ》り込み、不貞寝を決め込む。

しばらくはなかなか寝付けなかったのだが、それでもうとうとと、浅い眠りに入った頃。

悠は夢を見ていた。

どこか、真っ暗な穴倉のような場所だ。

まだ小学生くらいの頃の姿で、同じ年恰好の洸熙に必死にしがみついている。

とにかく不安でたまらなくて、恥も外聞もなくわんわんと声を上げて泣いている。

いつのまにか洸熙に背負われ、宥められると、ほっとした。

世界中で頼れる相手は洸熙ただ一人で、彼が悠にとっては世界のすべてだった。

そこでふっと意識が覚醒し、悠はベッドの上で跳ね起きる。

茫然としたまま顔に手を触れると、夢と同調していたのか涙の跡があった。

——なんだろ、今の夢……。

なんだか、妙にリアルな夢だった。

まだ心臓の鼓動が波打っていて、深い吐息を落とす。

と、その時いきなり枕元の携帯電話が鳴り出したので、悠は急いでそれを取った。

「もしもし？　洸ちゃん!?」

『悠？　遅くにごめん。僕、祐貴だけど』

寝起きだったせいか、つい表示も見ずにそう叫んでしまったが。

かけてきたのは祐貴で、ひそかに落胆する。

「祐兄……」

『洸、やっぱり帰ってないのか？　実は僕のところに電話してきて、悠に連絡してどんな様子か教えろなんて言うから、気になってかけてみたんだ』

「……洸ちゃん、そんなこと頼んだの？」

人に頼むくらいなら、自分でかけてくればいいのに。

つい恨《うら》みがましく、そう考えてしまう。

『どうした？　ケンカでもしたのか？　どうせまた洸が無理やり迫ったんだろう？』

「……ううん、僕が悪いんだ」

口に出してみると、ひしひしと罪悪感が押し寄せてきて、悠は唇を噛んだ。

今まで、不都合なことは皆洸熙のせいにしてきた。

心のどこかでは彼に寄せられる好意を心地良いと感じていたくせに、迷惑なふりをしてきただけだったのかもしれない。

今、こうして独りにされると、彼のいない寂しさしか感じなかった。

こうなるまで気付かない、自分の鈍感さに正直嫌気が差す。

『それで、悠はどうしたい？』

祐貴に優しく問われ、それまで必死に堪《こら》えていた涙が溢《あふ》れ出した。

「も……よく、わかんない……」

悩み過ぎて、頭の中はぐちゃぐちゃだ。

嗚咽《おえつ》を堪える悠に、祐貴が言った。

『今月末の日曜に、お祖母さまの三回忌があるんだけど、悠は帰ってくる？』

「え……うん、一応そのつもりでいるけど」

鼻を啜《すす》り上げながら、答える。

ちょうど先日、母からも電話があり、『忙しいかもしれないけど、三回忌までは悠も出席しなさいね』と釘を刺されたばかりだ。

実家は地方なので、当然法事も自宅で執り行う。

本家には人寄せ用の三十畳もの広さの大広間があるので、またあそこに一族が勢揃いするのだろう。

重苦しい儀式に参列するのは気が重いが、祖母のことは大好きだったので悠は以前から三回忌には帰るつもりでいた。

『洸はまた帰らないつもりだろうけど、一緒に帰ろうって誘ってみたら？　あっちに帰ったらまた考えが変わって、二人でゆっくり話ができるかもしれない。一度ちゃんと、洸と話をした方がいいと思うよ』

「祐兄……」

なにも聞かずにアドバイスをしてくれる、従兄の優しさがありがたかった。

「でもお祖父さまとのことがあるし、大丈夫かな……？」

祖父と洸熙が犬猿の仲なのをよく知っているだけに、あの二人が顔を合わせればまた揉め事が起きてしまうのではないか、と心配になる。

『僕も帰るし、なにかあったらフォローするから大丈夫。洸、上京してからほとんど帰ってないし、一度くらい実家に顔見せるように言ってやってよ』

その言葉に、洸熙が祖父とは不仲だが祖母には可愛がられていたことを思い出す。

大好きだった祖母の法事なら、洸熙も本心では帰りたいと思っているのではないだろうか。

正直、自分の気持ちはまだ固まってはいなかったが、一度今までとは違う場所で洸熙と向き合ってみるべきなのかもしれない。

「うん……ありがと、祐兄。洸ちゃん誘ってみる」

面倒見のいい祐貴に感謝しつつ礼を言い、電話を切る。

それから一つ深呼吸をし、覚悟を決めてから悠は洸熙の携帯に電話をかけた。

コール音が鳴る間もないほどすぐに先方が応答し、

『なにかあったのか⁉』

すごい剣幕で問われ、その勢いに気圧《けお》される。

「……別になにもないよ。ちゃんとご飯食べてる？」

第一声に困り、つい言ってしまってからまるで母親みたいだったなと反省した。

すると、電話の向こうで洸熙が深々とため息をついている。

『……ああ。なんかすげぇいいタイミングだった』

「なにが？」

『悠欠乏症《けつぼうしょう》の禁断症状出てた。声聞きたくて堪《たま》んなかった』

その言葉に、一瞬ドキリとさせられてしまう。

甘酸っぱいものが胸に込み上げてきて、なんだか不思議な感覚だ。

「……なら、電話すればいいのに」

『俺から出て行ったんだ。こっちからかけられるかよ』

と、洸熙はつまらない意地を張っている。

「……あのさ」

いつ帰ってくるの？　と聞きたかったが、なかなか口に出せず悠は話題を変えた。

「お祖母さまの三回忌の連絡、来た？」

『ああ、行かないけどな』

折り合いの悪い祖父と会いたがらない洸熙は、祐貴の予想通りの返事をする。

「そう……僕は行こうと思ってる」

なにげなく告げると、洸熙がぎょっとした様子で言う。

『なんでだ？　行かなくたっていいだろ』

「母さんも三回忌までは出席しなさいって言ってるし。それで……洸ちゃんも一緒に帰ろうよ。上京してから洸ちゃんが帰ったのって、お祖母さまのお葬式だけなんでしょ？　お祖母さまだって、きっと久しぶりに洸ちゃんにお墓参りしてほしいと思ってると思う」

思い切ってそう誘うと、電話の向こうからはなにも聞こえなくなってしまった。

一瞬通話が切れてしまったのかと勘違いしたほどだ。

「もしもし？　洸ちゃん？　聞いてる？」

『……ああ、聞いてる。悠が俺を誘うなんて夢にも思わなかったから、びっくりして心臓止まりそうになってた』

大袈裟《おおげさ》なことを言ってから、洸熙が念を押してくる。

『本当に……俺と一緒に実家帰りたいのか？』

「……うん」

頷いてから、

「でも、あっちでベタベタしないって約束して。よ、嫁とか皆の前でぜったい言わないでよ？」

そう釘を刺すことも忘れない。

洸熙がまた沈黙し、電話をしながらしばらく無言の時間が続いた。

そしてようやく、

『……わかった。当日東京駅の新幹線ホームで待ち合わせな』

返事があって、時間はまた連絡すると言って電話が切れる。

なにはともあれ、洸熙は帰京を了承《りょうしょう》してくれた。

ほっとした半面、

――でも、田舎に帰るまではこの部屋に戻ってこないんだ……。

そのこともわかって、ひそかに落胆する。

久しぶりに洸熙に会ったら、いったいなにを話せばいいのだろう？

せっかく洸熙の方から距離を置いてくれたのに、それを台無しにしてしまったのではないか？

まだ自分の気持ちもわかっていないのに、いつもの調子で押せ押せで口説かれてしまったらまた流されてしまうかもしれない。

そんなさまざまな不安がぐるぐると頭の中に渦巻いて、その晩はなかなか寝付けなかった。

とにかく、こうして二人は共に帰郷することになったのだった。

◇　◇　◇

そして瞬《またた》く間に日々が過ぎ、法事の前日。

一泊の予定なのでさほど荷物もなく、悠は斜めがけのスポーツバッグに普段の軽装で、実家と本家用に買った東京土産の紙袋を提げて新幹線のホームへ向かった。

洸熙に会うのは、実に二週間ぶりだ。

なんとなくそわそわしてしまい、落ち着きなく周囲を見回すと、見覚えのある長身を発見した。

シンプルなシャツにジーンズ、それにファン避けの伊達《だて》眼鏡をかけているが、やはりその存在は人目を引くらしく、通りすがりの若い女性たちが振り返って見ていく。

こうして他人のように客観的に見ても、洸熙は格段に見栄えがする。

改めて、彼が芸能人だということを実感させられた。

遠くから眺めているうちに、その視線に鋭く気付いたのか洸熙が振り返る。

そして、幾分照れた様子でこちらへ向かって歩いてきた。

少し距離を置いたまま、なんとなく向かい合うが恥ずかしくて洸熙の顔が正視できない。

「……おう」

「……久しぶり」

「あの、駅弁買っといたから」

間が持てなくて、悠は駅弁とお茶の入ったビニール袋を掲げてみせる。

「ああ、サンキュ」

そこへ新幹線がホームに滑り込んできたので、二人で予約しておいた指定席に乗り込んだ。

故郷までは、新幹線で約四時間の長旅だ。

「今、どこにいるの？」

「ん……新宿のウィークリーマンション」

「友達のところじゃなかったの？」

「……こう見えて、俺はけっこう繊細《せんさい》なんだよ。いくらツレでも他人と同居なんかできない。……悠は別だけど」

そう呟く洸熙は、なんとなく覇気《はき》がない。

よく眠れていないのだろうか、と悠は彼の身体が心配になった。

「林さんから電話あったよ。早く洸ちゃんと仲直りしてくださいって」

それを聞き、洸熙が舌打ちする。

「……あいつめ。よけいなお世話なんだよ」

「そうかな。いいマネージャーさんだと思うよ」

初めは互いになんとなくぎこちなかったが、会話を続けているうちに別居する以前の雰囲気に戻ってくる。

そして洸熙は悠の提げている紙袋を見て、「東京土産っつったら東京ばななだよな」と真顔で言ったので、おかしくてつい笑ってしまった。

売店で買った駅弁を食べ、うとうとしているうちに車窓からの風景は次第に故郷に近付いてきている。

まだ上京して三か月足らずだが、故郷に帰るのはもうずいぶん久しぶりな気がした。

洸熙に至っては、かなり久々の帰郷だ。

今、彼はどんな気持ちなのだろうかと気になって、悠はこっそり隣の席の様子を窺《うかが》った。

窓際を悠に譲《ゆず》り、通路側の席に座った洸熙は肘掛けに肘を突き、ぼんやり考えごとをしている。

こうして目近で見ても、つくづく整った顔立ちだなと感心する。

うっかりその横顔に見とれていると、その視線に気付いたのか洸熙がこちらを見た。

「どうした？」

「……ううん、洸ちゃん大丈夫？」

「ああ、祖父さんともなるべくモメないようにするよ。心配するな」

ついいつものくせで、悠の頭を撫でようとしたのだろう。

なにげなく手を伸ばしかけ、洸熙ははっとしたようにそれを引っ込めた。

あの一件で、彼が自分に触れるのを避けているのを感じ、なんとなく寂しい気分になる。

そんな風に思う権利は、自分にはないのに、と悠は自己嫌悪に陥った。


新幹線の駅からいくつか電車を乗り継ぎ、最後にバスに一時間ほど揺られてようやく二人は故郷の土を踏む。

「二人ともお帰りなさい！　まぁまぁ、洸くん大きくなったわねぇ」

まず悠の実家へ向かうと、待ちかまえていた母が二人を大歓迎で出迎えてくれた。

「あら、洸くんも素敵だけど、悠も東京に行ったら急にあか抜けちゃったんじゃない？　もっとよく顔を見せて」

「そういうの、いいから」

再会にはしゃぐ母にしげしげと観察され、悠は照れ隠しでそう遮《さえぎ》る。

「叔母さん、今日俺、こっちに泊めてもらってもいいですか？」

洸熙がそう尋ねると、母は少し困った顔になった。

「私はそうさせてあげたいけど、そんなことしたら正臣さんががっかりしちゃうわよ？　洸くんが帰ってくるって連絡あった日から、そりゃもう大騒ぎだったんだから」

「……」

そんな父の様子が手に取るように伝わったのだろう、洸熙が沈黙する。

本家に泊まりたがらない理由は明白で、洸熙は祖父と顔を合わせるのが嫌なのだ。

それを察した母が、急いで付け加える。

「悠も、洸くんと一緒に本家に泊めてもらいなさい。ね？」

「え……？　う、うん」

母親の目配《めくば》せに、悠は戸惑いながらも頷くしかなかった。

事実、また借りてきたライオンになっていて、嘘のように大人しい洸熙を見るに堪《た》えなかったというのもある。

自分が里帰りに誘わなければ、洸熙が帰ることはなかったのだから、責任を取って最後まで面倒を見なければいけないような気がした。

「悠、いいのか？」

悠が同意したので、洸熙は少しほっとした表情になる。

「うん、行こう」

母にはとりあえず顔を見せたので、実家に置いてある自分の喪服《もふく》を受け取り、そのまま荷物を持って本家へと向かう。

やはり幾分緊張しているのか、徒歩で五分ほどの本家へ向かう道すがら、洸熙の口数はさらに少なくなっていった。

河原崎家本家の敷地面積は、裏山を含めてざっと三千坪。

この辺りでは古くから知られる名家のため、洸熙などはいまだに『若さま』扱いで、道を歩いていると近所の住民たちに口々に声をかけられた。

広大な山林や農地を所有する河原崎家は、江戸時代から続く県内でも有数の大地主として知られているが、明治時代に隣町から現在の場所に本宅を移転し、現在では県の指定文化財に認定されている。

精緻《せいち》に組まれた青石垣《あおいしがき》に白壁《しらかべ》と、整然と並ぶ赤瓦《あかがわら》の建造物で構成される屋敷、約五百坪の敷地に母屋《おもや》と離れ、それに古めかしい蔵などがいくつも点在していた。

子供の頃から出入りしているものの、久しぶりに訪れるとその広さと格式にやや気後《きおく》れしてしまう。

本家に到着すると、昔から通ってくれているハウスキーパーの女性が出迎えてくれて、二人は昔懐かしい土間でまずは冷たい麦茶をご馳走になる。

「お帰り、洸くん！　ああ、こんなに大きくなって……っ」

一息ついていると、さっそく洸熙の父、正臣が出迎えてくれた。

「洸くん、ちっとも顔見せに来てくれないから、パパとっても寂しかったんだよ？」

「……親父、相変わらずだな」

五十代半ばで威厳《いげん》ある風格の容姿をしながら、息子に会った途端にデレデレの親バカに変貌する父に、洸熙は半眼状態になっている。

「お土産、持って帰ってきてくれた？」

「……ああ」

父に催促《さいそく》され、洸熙が渋々といった態で鞄からなにかを取り出す。

見ると、それは洸熙の事務所が作っている、洸熙のポスターや団扇《うちわ》、ブロマイドなどのグッズだった。

「頼むからうちに飾るのだけはやめてくれ」

「なに言ってるんだ。ポスターは飾るためにあるんじゃないか」

「……息子のポスター飾ってなにが楽しいんだよ」

などと皆でわいわいやっていると。

「お、帰ってきたのか、洸熙、悠」

今度は長男である勲と、先に到着していた祐貴が居間に顔を出す。

祐貴と洸熙は共に現在東京暮らしだが、地元の大学を卒業し、現在二十七歳になる勲はそのまま父の後を継ぎ、現在は不動産関連会社の経営を任されている。

典型的長男気質で几帳面《きちょうめん》な性格なので、正臣も有能な後継者がいて安心しているようだ。

「勲兄、元気そうだな」

「久々に三兄弟そろい踏みだね」

洸熙だけが異母兄弟となる三人だが、昔から仲が良く、久しぶりの再会に洸熙も嬉しそうだ。

そんな彼らの姿を見て、悠は強引にでも洸熙を誘ってよかったと思った。

と、その時。

「ずい分と騒々《そうぞう》しいな。なにごとだ」

重々しい声音《こわね》に、場の雰囲気が即座に緊迫する。

悠たちの祖父である河原崎家現当主、勇山の登場だ。

常日頃から和服を好み、居合いの免許皆伝《かいでん》の腕前を持つ彼は今年八十になるが、背中に針金でも入っているのではないかと思うほど姿勢が良く矍鑠《かくしゃく》としている。

勇山はぐるりと一同の顔を見回し、最後に洸熙に視線をやった。

「確か、勝手に東京に行くなら、もう二度と家の敷居は跨《また》ぐなと申し渡しておいたはずだったがな。おまえは記憶力が悪いと見える」

「と、父さん、せっかく母さんの法事のために戻ってきてくれたんですから」

慌てて正臣が取りなしに間に割って入るが、それを押しのけ、洸熙が挑戦的に祖父を睨みつける。

「あんたと違って、耄碌《もうろく》してないからちゃんと憶えてるさ。今回帰ってきたのはあんたのためじゃなく、祖母ちゃんのためだ」

するると祖父は、じろりと悠へ視線を移す。

「おまえの悪影響を受けて、悠までそんななりをしおって。だからわしは東京へ行くことなど反対したんじゃ」

「お祖父ちゃん、これは洸ちゃんとは関係な……」

自分の変身を洸熙のせいにされては申し訳ない、と悠は慌てて弁明しようとするが、洸熙がそれを制した。

「いいんだ、悠。どうせこのクソジジイは、なんでも俺のせいにしたくてたまらないんだからな」

聞こえよがしに言うと、洸熙は祖父から顔を背《そむ》けた。

「法事が終わったら、すぐ退散する。あんたには迷惑かけねぇよ」

「……ふん、勝手にするがいい」

そう吐き捨てると、祖父は居間から出て行ってしまった。

張り詰めた緊張の糸が切れ、その場に居合わせた一同がほっと吐息をつく。

が、洸熙の表情は晴れないままだった。


その晩、賑やかな夕餉《ゆうげ》の席を皆で囲んだが、祖父は早々に食事を終えると、会話には加わらずに自室へ戻ってしまった。

なんとなく気まずい思いを抱えたまま、悠と洸熙は勧められるままに交代で入浴を済ませ、客間へと引き上げる。

一緒に暮らしているんだし、同じ部屋がいいだろうと気を遣《つか》われてしまったのか、悠は客間で洸熙と枕を並べて寝ることになってしまった。

困ったなとは思ったが、洸熙もさすがに実家で無体《むたい》な真似には及ばないことを信じて覚悟を決める。

初夏とはいえ、周囲に緑が多いせいかもう藪蚊《やぶか》が出るので客間には蚊帳《かや》が吊《つ》られていて、その中に二人分の布団が敷いてあった。

蚊帳の中で寝るのは久しぶりだ。

「……ごめんね、洸ちゃん」

二人きりになると、悠はそう謝る。

「なんで悠が謝るんだよ」

「だって……僕のせいで洸ちゃんが怒られたし」

「気にするなって言ったろ。祖父さんはなんでも俺のせいにしたいんだから」

言いながら洸熙が布団の上で寝返りを打ち、背中を向ける。

迫られたらどうしよう、と緊張しつつも、そうされたらされたでなんだか拒絶されているような気がして寂しいと感じてしまう。

そんな自分の身勝手さが嫌だった。

「……本家の嫁って、大変だよな」

ふいにぽつりと、洸熙が呟く。

「冠婚葬祭《かんこうそうさい》はぜんぶ家でやるし、その度に大勢の客の相手して飯《めし》作って……俺の母さんはそういうのに耐えられなくて出て行ったんだよな？」

母が家を出たのは、自分のせいではない。

きっと洸熙はそう思いたいのだと察し、悠は小さな声で『僕もそう思う』と答えた。

「母さんにまで置いて行かれたせいかな……なんかさ、俺だけこの家にとっていらない人間みたいな気がずっとしてて、ここには居場所がないように感じてた。ずっと、居心地悪かったんだ」

「洸ちゃん……」

幼い頃、母親に置いて行かれた心の傷は、今もまだ彼を苦しめている。

普段は微塵《みじん》も弱みを見せない彼だが、心の奥にはまだ癒《い》えない傷を抱えているのだ。

ごく普通に両親に愛されて育った自分には、なにも言う資格がないような気がして、悠はかける言葉が見つからなかった。

こんな思いをさせてしまうなら、やはり誘わない方がよかったのだろうか。

そう後悔しながら、浴衣《ゆかた》姿の彼の大きな背中を見つめる。

「俺は俺なりに、頑張ったんだよ。必要とされてないなら、されるような人間になればいい。スカウトで声かけられて、モデルになれば大勢の人が俺を必要としてくれるんじゃないか、そう思って上京した。運良くそれなりに成功して大勢のファンもできたけど……なんか違うんだよな。俺が欲しかったのはこういうんじゃないって。うまく言えないけどさ」

なにも考えず、衝動と本能だけで生きているように見える洸熙がそんな思いを抱いていたなんて、ぜんぜん知らなかった。

もしかしたら、彼が芸能関係の仕事を選択したのは、有名になれば母親に今の自分の姿を見てもらえるかもしれないと思ったからではないのだろうか？

初めてそれに気付き、悠は愕然《がくぜん》とした。

思えば、自分は今まで洸熙のなにを見てきたのだろう？

彼の本質など、なにも理解できていなかったのかもしれない。

それからしばらく沈黙が続いた後。

「つまんねぇこと言って悪い。なぁ、なんにもしないから、そっち行っていいか？」

「……え？」

ふいにそう言われ、悠が戸惑っているうちに、洸熙は起き上がって悠の布団に入ってきた。

「ま、まだ返事してないのにっ」

「遅いからオッケーだと思った」

などと勝手なことを言いつつ、悠のタオルケットを半分奪い取る。

背中から抱き竦められれば、悠は一回り体格の違う洸熙の腕の中にすっぽりと包み込まれてしまう。

「……暑いよ」

日本家屋は風の通りがよく、網戸にしてあるのでエアコンをかけた東京の部屋よりも涼しいくらいだったが、一応そう言ってみる。

だが、

「ちょっとだけだから」

少しだけ、こうしてたい。

耳元でそう囁かれれば、やむなく応じるしかなかった。

いつものように迫られるのではなく、今日は洸熙が子供のように寂しがってくっついてくるのがわかるからだ。

とはいえ、彼の吐息が耳朶《じだ》にかかるのが、ひどくこそばゆい。

洸熙の方にその気はないのに、なんだか悠の方がドキドキしてしまい、胸の鼓動が速くなる。

静まれ、鼓動。

でないと密着している洸熙に気付かれてしまう。

こうなったらさっさと眠ってしまおうと努力し、目を閉じた。

「こうしてると、ガキの頃を思い出すな」

「……そうだね」

だが洸熙の方は寝かせる気がないのか、話し続ける。

「祖父さんに家閉め出されて、よくおまえの部屋に忍び込んでこうして泊めてもらったよな」

「洸ちゃん、ときどき裸足で来るんだもの。びっくりしたよ」

当時のことを思い出し、悠はつい笑いを嚙み殺す。

近所の悪ガキとケンカをすると、厳格な祖父は洸熙を屋敷の外に立たせて仕置きをした。

しばらくしたら家に入れるつもりだったのだろうが、そんな許しを大人しく待つ洸熙ではなく、さっさと本家の屋敷を抜け出すと彼はすぐに悠の家に向かい、一階にある悠の部屋に窓から忍び込むのが常だったのだ。

最初は洸熙がいないと本家では大騒ぎになったが、翌朝になると仲良く悠の布団で眠っているのを悠の母に発見され、二人でまたしこたま叱られた。

それ以来、家を閉め出しても悠のところへ行くのを知っている大人たちは、洸熙の好きにさせていたのでまったくお仕置きにはなっていなかったのだった。

洸ちゃんのせいで、僕まで叱られたと盛大に文句を言っていたことを思い出し、悠はふと違和感を憶えた。

――あれ……？　あの頃って僕は洸ちゃんの家来で、逆らうなんて到底できなかったはずなんだけどな……。

言い返したり文句を言ったりなど、できるはずがないのだが、だったら今の記憶はいったいなんだったのだろうか。

「悠……昔のこと、思い出したか？」

洸熙にぼそりと問われ、悠は首を傾げる。

「え……？　なんでそんなこと聞くの？」

「……いや、いい。なんでもない。おやすみ」

悠の首筋に鼻先を埋めたまま、そう言って洸熙は動かなくなる。

しばらく息を詰め、身を固くして待ったが、洸熙は本当に心地良さそうに寝息を立て始めた。

——なんにも、しないんだ……。

ほっとすると同時に拍子抜けしてしまい、なんだかがっかりしている自分に気付く。

そばにいたら、触らずにはいられないなんて言ったくせに。

なんとなくむっとしかけ、そんな自分に驚く。

——な、なに考えてんだ⁉　これじゃまるで……洸ちゃんになにかしてほしいみたいじゃないか……っ。

今のはナシだとよからぬ妄想を払いのけ、悠は自分も寝てしまおうと目を閉じる。

だが、どうにも背後にぴったりとくっついている洸熙の存在が気になってしかたがない。

こうしていると、本当に子供の頃のことを思い出すなぁ、などと考えていると、懐かしさに不思議と穏やかな気分になってきた。

初めはくすぐったいと思ったが、次第にそれにも慣れてくる。

むしろ洸熙の体温に包まれ、なんだか心地いい。

こんな状態では緊張してとても眠れるはずがないと思っていたが、悠はいつのまにか深い眠りに落ちていた。

そして、翌日。

法事は朝十時から近くの寺で行われるため、皆で朝食を済ませてから持参した喪服に着替えた。

とはいえ、夏仕様なので上着は着ず、ワイシャツに黒ネクタイだけだ。

「支度できたか？」

袖口のカフスを留《と》めながら、洸熙がやってくる。

日頃ラフないでたちの多い洸熙だが、きちんとネクタイを締めると格段に大人びて見える。

「う、うん」

うっかり見とれかけ、悠は慌てて目線を逸らした。

すると。

「悠、ネクタイ曲がってる」

洸熙が正面に立ち、ネクタイを直してくれる。

「……ありがと」

こうして目近で見ると、曲がりなりにも近しい遺伝子が自分の中にもあるとは、到底信じられない。

昔から見慣れているはずなのに、なぜこんなにどぎまぎしてしまうのか自分でもよくわからなかった。

大人たちは準備で朝から大わらわなので、悠は親類の子供たちを連れ、先に寺へと向かった。

この分では、今日は子守り要員として認定されそうだ。

定刻通り寺の住職による読経がはじまり、河原崎家の面々は本堂で神妙にそれを聞いた。

慣れていないので、焼香《しょうこう》の作法など間違っていないかドキドキしたが、こっそり隣の洸煕を真似して事なきを得る。

一時間ほどで法要は終了し、一同は本堂を出て寺の境内へ出た。

寺には広い花壇があり、皆思い思いに花を眺めている。

年配者が使った座椅子を片付け、最後に本堂を出た悠は、ふと裏庭の方から人の話し声がするのに気付き、境内《けいだい》へは向かわずにそちらを覗いてみた。

裏庭にいたのは、正臣と一番下になる弟、つまり洸煕にとっては叔父《おじ》に当たる男性だ。

こんなところで、いったいなにを話しているのだろうと不思議に思っていると、ふいに背後から肩を叩かれた。

驚いて、思わず声を上げそうになるのを堪えて振り返ると、そこにいたのは洸熙だった。

「なにやってんだよ？　これから屋敷に戻って精進落《しょうじん》としだぞ？」

「しっ……！」

正臣たちに気付かれてしまう、と悠は慌てて洸熙の口を手で塞ぐ。

「ふぁんはよ？」

訝しむ洸熙をよそに、叔父は話し続ける。

「兄さん、義姉《ねえ》さんから連絡あったんだって？」

その言葉に、洸熙も動きを止めた。

「ああ……テレビで洸熙を見かけたって言ってきてね。彼女も今は東京にいて五年前に再婚したそうなんだが、その相手との間には子供ができなくて、それで洸くんを引き取りたいって言ってきて……」

と、正臣が苦悩に満ちた表情で告げる。

その内容に、悠は思わず洸熙の顔を見上げてしまった。

「あ～あ、そりゃ父さん激怒しただろ」

「もうカンカンさ。おまえが東京になど行かせるからこんなことになるんだって、こっちまでとばっちりだよ」

「しかし義姉さん、相変わらず自由人だな。あの人には本家の嫁は務まらないと思ってたら、案の定だったもんな。で、洸くんには？」

「……怖くてまだ話してない。もし洸くんがあっちに行くって言ったら、どうしよう……っ」

と、正臣はこの世の終わりのような顔をしている。

悠は話の続きが気になったが、洸熙がふらりと本堂側へ歩いていってしまったので、それを放っておけず後を追う。

「待って、洸ちゃん」

正臣たちに声が聞こえない場所まで来たのでそう声をかけると、洸熙がいきなり近くにあった大木に拳《こぶし》を叩きつけた。

「……は、今の聞いたか？　俺の母親ってのは勝手な女だったらしいな。十年近くほっぽっといて、今さら引き取りたいだ？　自慢じゃないが俺はもう十五で独立してるんだ。今さら親の都合であっちこっち振り回される年じゃねぇっつうの！」

内から噴き出す憤りをすべて拳にぶつけるように、何度もその行為を繰り返す。

「怪我しちゃうよ、やめて！」

無理やり彼の右手に飛びついて、それを止めさせる。

見ると案の定手の甲が傷付き、血が滲《にじ》んでいたので、悠はポケットから取り出したハンカチで傷口を縛《しば》ってやった。

「家帰ってから、消毒しないと」

「……悠」

どう声をかけていいかわからず、ただ立ち尽くす悠を、洸熙はふいに抱き締める。

「俺は、ずっと悠といたい。悠と暮らしたいんだ……」

「洸ちゃん……」

「距離置くなんてかっこいいこと言ったけど……離れてる間、悠に会いたくて死にそうなくらいつらかった」

彼の腕の力強さに、思わず息が詰まる。

だが、その時悠を貫いたのは、紛れもない幸福感だった。

あんなに苦手意識を持っていた洸熙に抱き締められ、嬉しいと思うその矛盾に、一瞬目を瞑《つぶ》る。

「もう……なにも言わなくていいから」

「悠……」

自分より背の高い彼の髪を撫で、触れ合った頬を擦《す》り寄せる。

そして、どちらからともなく自然に唇が接近して……二人は唇を合わせた。

そこが寺の境内で、少し先には親族がいるという状況さえ、もう頭から飛んでいた。

「ん……っ」

離れている間、こうしてほしいとずっと願っていたのかもしれない。

舌を求められ、悠も夢中でそれに応える。

互いに息を弾ませ、ようやく唇を離して視線が合うと、そこに至ってようやく理性が戻ってきた。

今、自分はなにをした……？

洸煕の好意からあれほど逃げ回っていたくせに、またふらふらとキスに応じてしまったなんて。

我ながらその優柔不断ぶりに、ただちに穴を掘って埋まりたい気分になった。

「悠」

彼に名を呼ばれ、びくりと身を震わせる。

「さ、先帰ってて。僕……お膳《ぜん》いらない……から……！」

なにか言われる前に、なんとかそれだけを告げ、その場にいたたまれず走り出す。

「悠……！」

彼の声が追いすがったが、振り返らず全速力で境内を駆け抜け、寺から逃げ出した。

途中、本家の精進落としの席に向かう親戚連中を抜き、ものすごい勢いで駆けていく悠に皆がぽかんとして見送っていたが、そんなことすらもうどうでもよかった。

――どうしよう、どうしよう……!?

今までずっと、気付かないふりをしてきた。

そう、よもや洸熙のことを好きになってしまったなんて、ありえない。

いや、あってはならないのだ。

しゃにむに走っていたら、悠はいつのまにか本家敷地内にある裏山へ続く山道に分け入っていた。

ここは河原崎家の私有地なので、他人が入ってくることもない。

今はとにかく、一人になって冷静に考えをまとめたかった。

走って、走って、走って。

もうこれ以上は肺が焼き切れてしまいそうになるまで走り、悠はようやく速度を緩め、手近にあった木に寄りかかり、なんとか息を整えた。

荒い呼吸が落ち着いてくると、今度は果てしなく気分が落ち込んでくる。

喪服のままずるずるとその場にしゃがみ込み、膝を抱えてぼんやりしていると。

「悠！」

思いの外《ほか》近くで洸熙の声が聞こえ、悠は文字通り飛び上がった。

茫然としていると、藪を掻き分けるようにして息を弾ませた洸熙が姿を現す。

今、一番会いたくない人物の登場に、悠は恥ずかしさでパニックに陥った。

「ほっといてよ！　一人にしといて……っ」

そう叫び、逃げようとするが。

「待てって！　そっちは危ない」

ようやく追いついた洸熙に腕を摑まれ、引き戻される。

言われてようやく、悠は自分が足場の悪い斜面まで来ていたことに気付いた。

が、今はそれどころではない。

なにより、強く摑まれた手の感触に、ようやく頭から下がった血が再び沸騰《ふっとう》する。

「放せよ！　洸ちゃんといると、おかしくなっちゃうんだ……」

「悠……」

そう、こんなの、自分ではない。

まるで別人みたいだ。

洸熙の一挙手一投足《いっきょしゅいっとうそく》にドキドキしたり、ぎくしゃくしてイライラして、こんなに疲れる生活はもううんざりだった。

早く、勉強だけしていればよかった元の平穏で地味な生活に戻りたい、心からそう思った。

「もう、洸ちゃんに引きずられるの、嫌なんだよ……！」

恥ずかしさのあまり、そう叫んで無理やり彼に摑まれた腕を振り払おうとする。

すると焦った拍子に草で足が滑り、ぐらりとバランスを崩した。

「あ……っ」

なんとか踏み止まろうと地面に足を踏ん張った途端、今度は靴の下にあった木の板が激しい音を立てて軋《きし》む。

「悠……！」

あっと思う間もなかった。

板が呆気《あっけ》なく割れ、悠の身体は嫌な浮遊感の中で落下していく。

――落ちる……！

次の瞬間、悠は襲いくるであろう全身の衝撃を覚悟し、ぎゅっと目を閉じた。

が、それは予想していたよりはるかに軽いもので、悠の身体はほとんど大した打撲もなかった。

――え……？

おそるおそる目を開けてみると、自分を抱き抱えるようにし、背中から落ちたらしい洸熙の姿が下にあった。

「洸ちゃん……!?」

「痛て……っ」

彼の胸に抱かれたまま顔を上げると、洸熙が呻いたので慌てて彼の上から降りる。

「ご、ごめん！」

いったい、なにがどうなったのか。

混乱しながら思わず頭上を見上げると、三メートルほど上にぽっかりと丸く晴れ渡った空が見えた。

ほぼ正午に近い時間だったので、穴の中にまで陽光が差し込み、かろうじて周囲を見渡すことができた。

「……ぅ……」

動揺しながらきょろきょろしていると、洸熙が左肩を押さえて呻《うめ》く。

幸い、下が草が生えた柔らかい土だったとはいえ、あの高さから自分という重りを抱えて落下したのだ、どこか骨折していてもおかしくない。

「怪我したの⁉ 見せて！」

とにかく楽な姿勢を取らせ、土の壁に洸熙を寄りかからせる。

「……大丈夫、ちょっと肩を強く打っただけだ」

俺、受け身取るのうまいからと洸熙が笑おうとするが、わずかに顔をしかめる。

それを見た途端、悠の内に言いようのない不安感が込み上げてきた。

この狭い空間に、なぜだか見覚えがある。

一刻も早くここから逃れたい、そんな焦燥に駆られて悠は茫然と呟いた。

「やだ、ここ……なんか怖い……」

　すると、洸熙が目を眇めた。

「あ〜あ、思い出させちまったか。しくじったな。また同じ穴に落ちるなんて」

「……え？」

　その言葉に、封印していた嫌な記憶が蘇る。

　小学生の頃の、思い出したくない事件……。

「まさか……ここってあの時の穴⁉」

「俺らが落ちてから厳重に蓋《ふた》してたみたいだけど、十年近く前だからな。木の板が劣化してたんだろ」

　今度は大人に成長した二人分の体重を支えきれず、蓋が割れてしまったようだ。

　なんと彼らは、またしても二人揃って同じ穴に落ちてしまったのだ。

　あまりの皮肉な偶然に、なんだか気が抜けてしまって、悠も地面にへたり込む。

「……あの時は、もっとすごく大きくて深い穴だと思ってた」

「あの頃はまだガキで身体も小さかったからな」

　確かにそうかもしれない。

　この高さなら、肩車をすればなんとか上に手が届くかもしれないが、肩を痛めている洸熙の上に乗るわけにはいかないし、かといって自分が洸熙の体重を支えるのはかなり無理がある。

「携帯電話があったらな……」

ぼそりと、洸熙が呟く。

法事なので、鳴っては困ると二人とも携帯電話は屋敷に置いてきてしまっていた。

こんな時に限って、と歯がみしたくなる。

「慌ててもしかたない。俺らが裏山に走っていくのを見ていた連中がいるから、精進落としに出席してなかったら探しに来てくれるだろ」

「……うん」

洸熙から少し距離を置き、悠も土壁に寄りかかって座る。

そして最初の衝撃が落ち着いてくると、思い出そうとしても思い出せない、いや、思い出したくなかった記憶がじょじょに蘇《よみがえ》ってきた。


そう……あの日も、洸熙と二人、この裏山で遊んでいた。

朝から曇天で、いつか降り出すと危惧《きぐ》していた雨は夕方になってまるでスコールのごとく一気に降り注いできた。

傘も持っていなかった二人は既に頭からびしょ濡れになり、急いで家に帰ろうとした。

その時だ。

ぬかるんだ地面に足を滑らせ、悠が急な斜面を転がり落ちてしまったのは。

雨が目に入って視界がぼやけ、自分の身になにが起きているのかもわからず、転倒するに任せていると。

——悠！

ぐいっと腕を掴まれ、視界が一瞬真っ暗になる。

高いところから落ちる時独特の浮遊感と、その後に襲い来る衝撃。

今日と同じように、あの日も洸熙が身を挺《てい》して庇《かば》ってくれたおかげで、怪我は多少の打ち身だけで済んだ。

当時、本家では裏山で家庭菜園をしていて、そばにその畑用に利用していた井戸があったのだが、ついにその水が涸《か》れてしまい、あらたな井戸を掘る作業が始まっていた。

一応家の者にはその辺りでは遊ぶなと言われていたのだが、雨がひどく、距離感がわからなくなっていた悠は大穴が空《あ》いているとも知らずそこに落ちてしまったのだ。

掘り返したばかりの柔らかい土がクッションになったのが幸いしたが、悠を庇って落下する際、洸熙は木の枝かなにかに引っかけ、左の二の腕を切ってしまったようだった。

——洸ちゃん、血がいっぱい出てるよ……。

洸熙が着ていた白いTシャツが、滴《したた》り落ちる血で見る見るうちに紅く染まっていくのが怖くてたまらなくて。

悠は青ざめ、がちがちと歯の根が合わなくなっていた。

――こんなの、かすり傷だ。心配すんな。

痛くないはずがないのに、洸熙はそう言い張る。

自分も膝の打ち身が痛かったが、洸熙の怪我を見たらこれしきのことで泣いてはいけないと、必死に唇を噛んで我慢した。

雨足はさらに強まり、やがて穴の中にまで水が溜まり始めてきた。

初めは土が吸い込んでくれたが、あまりの降りに水はけが間に合わなくなったのだ。

まるで台風のような降雨に、悠は心底怯えた。

もしこのままここから出られなかったら、いずれ水位が自分たちの背丈を越えてしまうのではないか……？

こんな山奥で溺《おぼ》れ死ぬなんて有り得ないと思いつつ、悠は恐怖のあまりパニックに陥った。

――洸ちゃん、怖いよ……僕たちこのまま死んじゃうの？

もはや我慢できず、声を上げて泣きじゃくる。

あまりに悠が取り乱したせいか、逆に洸熙は落ち着いているように見えた。

あるいは、年上の自分がしっかりしなければと、不安を見せないように虚勢を張っていたのかもしれない。

やがて流れ込んでくる雨水は二人の足首を隠すほどになり、地面に座っていられなくなって立ち上がるしかなかった。

すると。

――悠、乗れ。

洸熙が背中を向けて、そう促す。

――でも……。

――いいから早く。

強く言われ、悠はおずおずと彼の背に飛びついた。

悠を背中に背負うと、洸熙はその恰好《かっこう》のまま一人立ち続ける。

自分を水につけないためだと気付き、悠はまた堪えていた涙が溢れてしまった。

――ごめんね、洸ちゃん、ごめんね。

自分が足を踏み外さなければ、こんな穴に落ちることも、彼を巻き添えにしてしまうこともなかったのに。

いくら後悔しても、し足りないくらいだった。

――泣くなよ、俺がついてるから、大丈夫だ。

――うん……。

そう慰められれば、ますます涙が止まらなくなる。
洸熙の背中にしがみつき、悠はしゃくり上げた。
この心細い状況で、今の支えは洸熙だけで。
暗闇の中の不安を紛らわすために、悠は彼に向って話しかける。
——僕、ずっと洸ちゃんといっしょにいたい。
思わず、そう呟くと。
——ずっとって、一生ってことか？　そしたら結婚しないとな。
洸熙はいきなり驚くことを言ってきた。
——え？　男同士は結婚できないよ？
——俺らが大人になる頃には、できるようになってるかもしれないだろ？
それはかなり無茶な論理だったが、なぜかその時は不思議と納得してしまった。
——そっか。そしたら僕、洸ちゃんのお嫁さんになる！
——よし、約束だぞ？

幼い日に交わした、約束。

なんてことだろう、お嫁さんになると宣言したのは、自分の方だったのだ……！

すべてを思い出し、悠はあまりの衝撃に言葉を失った。

「やっぱり、あの時のこと忘れてたのか？」

その問いに、こくこくと頷くしかない。

「そっか……あの後、おまえすごい熱出して寝込んだだろ？　それが原因なのかわかんねぇけど、それからなんとなく俺を避けてるってわかった。よっぽどあの時のことがトラウマになってて、俺といると思い出すから嫌なのかなと思って、俺もなるべくそっとしといたんだよ。けど、いつまで待ってもそのままだし、俺は自立するために東京に行って離れ離れになるし。何度電話したりメールしたりしても、つれなくてさ。もう我慢できなくなって、悠が上京するのに合わせて強引なことしちまった。ごめんな」

珍しく殊勝《しゅしょう》に謝られ、悠は首を横に振る。

「謝るのは僕の方だよ。あの時、血が一杯出て洸ちゃんが死んじゃうんじゃないかって、すごく怖かった。多分……洸ちゃんに怪我をさせちゃったことがショックで、あの事故のことを思い出したくないって、自分で記憶に蓋をしちゃったような気がする」

そう……事故の記憶を封印してしまったのは、なにより洸熙を失うことが怖かったから。

あまりに鮮烈な紅《くれない》の血の色が網膜《もうまく》にこびり付いてしまって、思い出すのがつらかったのだ。

だから、無意識のうちに記憶の奥底に閉じ込めてしまった。

だが、そんな自分に後ろめたさと罪悪感もあったのだろう。

月日が経つにつれ、いつしかそれは『洸熙が粗暴で家来扱いされるから彼を避けるのだ』という誤った記憶に書き変えられ、今の今までそれが真実だと思い込んでいた。

「僕が悪かったのに……ずっと忘れてて、ごめん……っ」

いくら謝っても謝り足りなくて。

悠はぽろぽろと大粒の涙を零《こぼ》した。

洸熙は手でそれを拭おうとして、泥だらけだったことを思い出したのか、喪服のポケットからハンカチを取り出し、それで拭いてくれた。

「泣くなよ。悠が泣くと、俺も胸が苦しくなる」

「洸ちゃん……」

悠の頬や肩など、あちこちにも泥がついていたので、丁寧にそれを拭うと、洸熙は最後に自分の手についた泥を拭き取った。

そうしておいて、おもむろに悠の肩を抱き寄せる。

こんなに迷惑をかけておいて、甘えていいのだろうかとためらいながらも、悠はおずおずとその怪我をしていない方の肩に頭をもたせかけた。

「悠を迎えに行った時も、本当はすごいドキドキしててさ。けど、それ知られたくなくて、こうするのが当然、みたいな顔しちまったんだ。薄々、悠があの時のこと憶えてないのはわかってて……だから一緒に暮らしてるうちに思い出してほしくて、あれこれ過去のこと話したりしてた」

あの日、突然迎えにやってきた時、傲岸不遜《ごうがんふそん》に見えたのが、実は彼の照れ隠しだったのだと知る。

レタス炒飯やホットケーキのことを思い出し、その時の洸熙の気持ちを思うと、胸が締め付けられるような思いがした。

「僕は……ずるくて汚いんだ。僕にとって洸ちゃんは憧れっていうか理想の存在で……自分じゃぜんぜん太刀打ちできないってわかってるから、そばにいるのがいつのまにかコンプレックスになってて。洸ちゃんに嫉妬《しっと》してたんだと思う」

ずっと洸熙に対して抱いていた、複雑な感情はとても一言では言い表せない。

本気で懺悔《ざんげ》したつもりだったのに、洸熙はなぜか苦笑している。

「本当にずるい奴は、そんなこと自己申告しないさ。でも、そんな風に思ってたのか……俺にとっては悠がなんていうか……幸運の女神みたいな存在だったのに」

女神じゃないけど、そういう感じと洸熙が付け加える。

「僕が？　どうして？」

「……おふくろが出て行って、なんとなくなにもかも面白くなくて毎日むしゃくしゃしてたけど、悠といると不思議と気分が落ち着いたんだ。俺、悪ガキで近所でも評判悪かっただろ？　反面、悠は成績優秀な優等生で、そのうち、俺も悠と一緒にいてふさわしいって思われるような人間になんなきゃなって思うようになった。その頃たまたま今の事務所にスカウトされて、今に至るんだが、俺の根底にはいつも悠にふさわしい男になるっていう目標があったんだ」

「……洸ちゃん」

洸熙に、そんな風に思ってもらえる資格など自分にはないのに。

彼の一途《いちず》な想いに、熱いものが胸に込み上げる。

「さ、さっきのキスだって、そうしてもらいたいって思ってた自分を受け入れられなくて逃げたんだ。僕は優柔不断で臆病で……ほんとに、いいの……？　僕みたいなので、ほんとに後悔しない……？」

かろうじてそう問うと。

「それじゃもろもろのお仕置きは、毎日キス百回で許してやる」

と洸熙が真顔で言ったので、悠はつい泣き笑いになった。

「来いよ。まずは一回目だ」

促《うなが》され、頤《おとがい》に指をかけて上向《うわむ》かされて悠は目を閉じる。

「……ん……っ」

まるで初めてのような、かすかに触れるだけの口付け。

だが、今まで交わしたキスより、一番胸に響くキスだった。

離れがたくて、悠は彼の胸にしがみつく。

すると唇を離した洸熙は、深い吐息をついた。

「……なんか、すげぇ感動した」

「……僕も」

初めて互いの気持ちを認め、交わし合った口付けのこの感触を、生涯忘れることはないだろう。

そんな神聖な気持ちになる。

「ここから脱出できたら、今度こそするぞ、初エッチ」

「……え？」

「実家でする気にはなれないからな。速攻で東京に戻ろう」

「……うん」

もしそうできたら、どんなにいいだろう。

「でも、よかった」

「なにが？」

「……き、気持ちいいから、洸ちゃんのこと好きになったんじゃなくて」

恥ずかしさに、悠は小声で答える。

すると洸熙が噴き出した。

「悠って、そういうとこ妙に真面目だよな」

「笑わないでよ。こっちは真剣に悩んだんだから！」

むくれる悠を、洸熙はこれ以上ないくらいの優しい眼差しで見つめた。

そして、もう一度啄ばむようなキスをしてから二人は穴の中で身を寄せ合う。

「まだ怖いか？」

「……ううん、洸ちゃんが一緒だから」

どちらからともなく繋いだ手が、温かくてほっとする。

と、その時だった。

「洸！　悠！　どこにいる⁉」

「いたら返事をしろ！」

遠くから、かすかに自分たちの名を呼ぶ声が風に乗って聞こえてくる。

「……祐兄たちの声だ」

予想外に早かった救いの手に、二人は思わず顔を見合わせた。

「もしかして、昔ここに落ちたからすぐ居場所がわかったのかな？」

「かもな」

同意しながらも、なぜか洸熙は憮然《ぶぜん》としている。

「助けが来るの、もう少し後でもよかったな」

「また、そんなこと言って」

もう一度顔を見合わせ、くすりと笑ってから二人は穴の中で立ち上がった。


「まったく、法事は途中でエスケープするし、子供の頃と同じ穴にまた二人一緒に落ちるなんて、いったいなにやってるの。あんたたちは！」

声を上げて居場所を知らせ、泥だらけの喪服姿で救出された二人が本家の屋敷に戻ると、真っ先に飛び出してきた悠の母のお小言《こごと》を食らう。

「いやいや、あの井戸、掘るには掘ったが結局水が出なくて。私有地だし、最近裏山に行く者もいないしと蓋をしただけで放置しておいたうちが悪いんです。あの事件の後に、すぐ埋めてしまわなければいけなかったのに。しかし二人とも大した怪我もなくて、本当によかった」

春臣が、そう取りなしに入る。

するとそこで騒ぎを聞きつけたらしい祖父が、苦虫を噛み潰したような表情で表にやってきた。

「よりによって、祖母さんの法事の日に騒動を起こしおって。いったいなにを考えてるんだ、おまえは」

と、はなから洸熙のせいと決めつけているので、悠は慌てて前に進み出た。

「違うんです、これは僕が……」

悪いのは自分なのだと弁明しようとするが、それを洸熙が片手を伸ばして阻《はば》む。

そして祖父に向かって、深々と頭を下げた。

「俺のせいなんです。悠は巻き込まれてとばっちり受けただけで。ご心配おかけして本当にすみませんでした」

「洸ちゃん、なに言って……」

「おまえは黙ってろ」

小声でぴしりと言われ、悠はそれ以上なにも言えなくなった。

自分を庇うために、洸熙は苦手な祖父に頭を下げてくれている。

いつになく素直な洸熙の態度に、祖父も毒気を抜かれたのか絶句していた。

そして、

「……もういい。早く泥を落として着替えてきなさい」

そう言い残し、そそくさと屋敷の中へ戻っていってしまった。

思いの外お小言が早く終了し、その場に居合わせた一同ほっとする。

「法事の客は？」

「もうほとんどお帰りになられたよ」

と、そこへちょうどまだ残っていたらしい客が玄関へやってきた。

確か祖父の囲碁仲間で、よく屋敷に出入りしている老人の一人だ。

法事が終わってからも、しばらく祖父の部屋にいたらしい。

「おや、洸熙くん立派になったねぇ」

と、老人は洸熙に気付くとそう声をかけてきた。

「どうも、ご無沙汰してます」

洸熙も面識がある相手なので、礼儀正しく挨拶する。

「東京で大活躍してるらしいね。お祖父さんからきみの自慢話ばかり聞かされて、もう耳にタコができそうだよ」

「……え？」

「正臣くんはいいねぇ、長男は立派な跡取りで、次男は未来の研究者、三男は芸能人と皆華々《はなばな》しい経歴で立派なもんだ。お祖父さんが自慢したくなるのもわかるがね」

祖父と仲のいい老人は、独《ひと》り訳知《わけし》り顔で頷きながら帰っていく。

洸熙が、訳がわからずぽかんとしていると。

「お祖父さまにはずっと口止めされていたから、言えなかったんだがね」

と、正臣が懐《ふところ》から財布を取り出し、カードのようなものを取り出す。

なにかと思ってよく見ると、それは洸熙のファンクラブの会員証だった。

「ほらここ、僕は洸くんがデビューしてすぐファンクラブの会員になったんだけど、それでも会員番号は128番なんだ」

「息子のファンクラブに入るなよ……」

照れ臭いのか、洸熙が突っ込みを入れるが、正臣は真顔で続ける。

「お祖父さまはね、なんと二桁なんだよ。会員番号」

「……え？」

その衝撃の事実に、その場に居合わせた全員がフリーズした。

「それって……どういうこと？」

「僕より早くファンクラブに加入してたってことだよ。つまりは、そういうこと」

と、正臣がにっこりする。

「口ではあんなことばっかり言ってるけど、お祖父さまは洸くんのこと自慢しまくりなんだよ。この辺じゃ孫自慢で有名なんだから」

ちなみに僕が欲しがって今まで送ってもらっていた洸くんグッズは、ほとんどお祖父さまに取られちゃうんだよ、と正臣が付け加える。

「ぶっちゃけ、お祖父さまが洸に冷たく当たるのは、たった十五で東京に行ってしまって、自分の手を離れてしまった、その寂しさからなんだよね」

我が父親ながら、大人気《おとなげ》ないと思うけど、と正臣が苦笑する。

すると。

それまで無言だった洸熙が、いきなり靴を脱ぎ捨て、泥だらけの喪服姿のまま屋敷内へ駆け出していく。

「こ、洸ちゃん!?」

いったいなにをする気なのかと慌てて後を追うと、すごい勢いで彼が向かったのは祖父の居室《きょしつ》だった。

「洸くん、なにを……!?」

息子の暴挙に、正臣も青くなる。

が、かまわず洸熙はノックもなしに部屋の障子《しょうじ》を左右に開け放した。

高価な骨董品《こっとうひん》があるからと、子供の頃から立ち入りを禁じられていた部屋にずかずか踏み込む洸熙を、皆が廊下から固唾《かたず》を呑《の》んで見守る。

「な、なんだ、勝手に人の部屋に入ってきおって!?」

突然のことに、将棋盤に向かっていた祖父が立ち上がる。

「……あ」

そこで悠は、室内の様子に気付き、思わず声を上げてしまった。

部屋の壁にはあちこちに、洸熙のポスターが貼られていたのだ。

その枚数たるや半端《はんぱ》なものではなく、飾り戸棚には彼のファンクラブ限定グッズやアイテムなどがずらりと飾られている。

その場に居合わせた全員にそれを目撃され、祖父はまず青くなり、それから顔を真っ赤にして呻《うめ》いた。

洸熙もぐるりと室内を見回し、それから祖父と睨み合いになる。

そして、一触即発の緊迫した空気が流れる中。

「祖父さん」

洸熙の声に、祖父がびくりと反応した。

「な、なんじゃ！」

「……グッズ欲しいなら親父通してじゃなく俺に頼めよ。もっとレアなやつ持ってきてやるからさ」

「む……ぅ……っ」

返事もできず、目を白黒させている祖父を尻目に、洸熙は用は済んだとばかりにさっさと部屋を後にした。

廊下を歩きながら、ふいに洸熙が噴き出す。

「今の祖父さんの顔、見たか？　傑作だったぜ」

「また、そんなこと言って」

そう窘《たしな》めながらも、その笑い声が実に朗《ほが》らかだったので、悠もついつられて笑ってしまった。


そして、翌朝。

荷物をまとめた二人は、皆に別れを告げる。

「本当に今日帰るの？　もう一泊していけばいいのに」

「そ、そうしたいんだけど、ほら洸ちゃん仕事あるから」

まさか一刻も早く初夜を迎えるために東京に帰りたいなどと本当のことが言えるはずもなく、悠は残念がる正臣にそう弁明した。

悠が必死に言い訳をしている最中も、洸熙はといえば既に頭は今夜のことに飛んでしまっているのか気もそぞろだ。

と、そこへ二人が帰ると聞きつけたのか、祖父がさりげなく居間に顔を覗かせた。

それに気付き、洸熙が声をかける。

「祖父さん、また顔見せに来てやるよ」

「……ふん、偉そうに」

気の利いた土産の一つも持ってこい、と呟き、グッズの催促《さいそく》だけは忘れず、祖父はさっさと自室に戻ってしまった。

「……ちっ、素直じゃない爺さんだ」

「お祖父さまは究極のツンデレだからね」

と、祐貴。

「まったくだ」

洸熙と悠は、瞳と瞳を見交わして笑い合う。

「ああ、それから親父」

「ん？」

「俺、母さんと暮らす気なんかないから。ま、どんな旦那なのか、一度見物に行くくらいなら顔見に行ってやってもいいけどな」

「洸ちゃん……」

聞いた直後はショックだったはずなのに、笑顔でそう話せるようになるまでは洸熙自身の内ではそれなりに葛藤はあっただろう。

だが、自力でその山を乗り越えた彼の成長が悠には眩《まぶ》しかった。

「洸くん……聞いて……」

寺での話を聞かれていたと察したのか、正臣の目に涙が滲む。

「い、言えなくてごめんね、もし洸くんがあっちに行くって言ったらどうしようって思うと怖くて怖くて……っ」

「あ〜〜もういい年して泣くなよ」

親父にもレアグッズ持って帰ってきてやるから、と洸熙は父を慰め、その光景に兄弟皆が笑う。

もう一泊していくという祐貴を残して皆に見送られ、屋敷を出発した後はただひたすら家路を急ぐだけだ。

行きと同じくバスと在来線を乗り継ぎ、新幹線に乗ってようやく二人きりになると、洸熙がさりげなく座席の間にジャケットを掛けて目隠しを作り、その下でずっと手を繋いでいた。

「……もうそろそろ東京だろ？」

「まだ京都だよ」

「嘘だろ……」

ショックを受け、いったんは黙り込んだ洸熙だったが、すぐまた話しかけてくる。

「今日はちょっと追い風が吹いてるから、新幹線の到着時刻も少しは早まるんじゃないか？」

「無理言わないの」

ここまで楽しみにされると、それが逆にプレッシャーになってきて、悠は緊張してくる。

「そんなに期待されてもさ……がっかりするかもしれないから困るよ」

つい、そう気弱な発言をしてしまうと。

「はぁ？　なに言ってんだ。俺が悠にがっかりするなんてあるわけないだろ。よけいな心配すんな」

ジャケットの下で、洸熙が握った手にぐっと力を込めてきたので、悠は少し気負いが取れてほっとした。

「……うん」

しあわせで、ふわふわとした気分を嚙み締める悠だったが。

「新幹線の中で走ったら、ちょっとは早く着いたらいいのにな」

「……それ、偏差値あんなに高い大学通ってる人のセリフじゃないから」

と、突っ込みを入れるのだけは忘れていなかった。

焦れる洸熙を何度か宥《なだ》めるうちに、新幹線はようやく東京駅に到着し、そこからは電車を乗り継ぎ、マンションに直行だ。

実家を十一時過ぎに出たのだが、部屋に着いた頃には既に夕方になっていた。

「やっと帰ってきたな、悠……！」

エレベーターの中でも襲いかかられそうな、まさに一触即発状態で部屋に辿り着いた途端、靴も脱ぐ前にそのまま玄関に押し倒されてしまう。

「ま、待って……せめてベッドで！」

初体験が廊下では堪らないと、それだけは主張する。

「しょうがないな」

短く舌打ちすると、もどかしげに靴を脱ぎ捨てた洸熙は、いきなりひょいと悠を横抱きに抱え上げた。

「ひゃっ！」

「しっかり摑まってろよ」

軽々と運ばれ、あっという間に彼の部屋のベッドに放り出される。

そしてマットのクッションでバウンドした悠の華奢《きゃしゃ》な身体を、上からのしかかってきた洸熙が再び抱き締めた。

「なんか、すごい緊張する……」

「俺もだ」

「……ほんとに洸ちゃんも初めてなの？」

「んなこと嘘ついてどうするんだよ」

あれだけモテる洸熙が、今まで自分のために童貞をとっておいてくれたのが、今はとてもなく嬉しい。

「……ん……っ」

せわしないキスを繰り返しながら、ぎこちない手つきでシャツを脱がされる。

間の悪いことに小さめのきついボタンシャツを着ていたので、洸熙はそれを外すのに悪戦苦闘していた。

「じ、自分で脱ぐから……」

「駄目だ。ずっとこうするのが夢だったんだから、俺にやらせろ」

と、照れ臭いことを真顔で断言され、悠はそれなら、と彼の服を脱がせることにする。

さすがにジーンズのベルトのバックルを外す時には躊躇したが、思い切って実行した。

互いの服を剝ぎ取り、行儀悪くベッドサイドに脱ぎ散らかしながら、二人はようやく生まれたままの姿になって絡み合う。

たったそれだけのことで、若い身体はもう隠しようのないくらい反応してしまっていた。

「……僕、もう駄目かも」

すぐイッちゃいそう、とぼそりと弱音を吐くと、「俺もだ」と洸熙の返事があった。

「いいさ、失敗したって何回もやりなおせば」

「……何回もなんて無理無理っ！」

慌てる悠が面白かったのか、上から組み敷いていた洸熙が噴き出す。

つられて悠もおかしくなり、二人で声を上げて笑った。

楽しい遊びをしているように、飽きることなく四肢を絡ませ合い、じゃれ合う。

それはまさに獣の子供が無心に遊ぶ姿にも似ていた。

こういう時、人間は動物なんだなと実感する。

誰に教えられたわけでもないのに、本能の赴《おもむ》くままに恋しい相手を求め、愛の交歓《こうかん》に夢中になるのだ。

「駄目だ、もう我慢できない。悠……食っちまいたいくらい可愛い」

「……いいよ」

洸ちゃんになら、食べられてもいい。

本当にそう思ったのでそう答えると、『これ以上煽るな』と怒られた。

その興奮ぶりを示すように、洸熙が肩口や首筋に歯を立てて噛みついてくる。

もちろん加減しての甘噛みなので、さほど痛くはない。

逆にその刺激が心地良くて、ぞくりと肌が粟立った。

てくる。

　そのうちに、洸熙の標的は悠の薄紅色《うすべにいろ》の胸の尖りに移り、まず右のそれにしゃぶりつい
　音を立てて強く吸われ、悠はびくびくと反応してしまった。

「それ、や……っ」

　抵抗しても次は左の突起を口に含まれ、舌先で何度も転がされ、弄ばれる。

「っ……」

　普段はその存在すら意識していなかった器官なのに、こんな風に感じるのだと身体に教え込まれて、悠は瞳を潤ませ、熱い吐息を落とした。

「可愛いな。俺、悠の乳首すっげぇ好き」

　悠が恥ずかしがれば恥ずかしがるほど、洸熙は嬉々として飽きることなく舌での感触を楽しみながら軽く歯を立ててくる。

「ひゃ……ん……っ」

　電流のような刺激が背筋を走り抜け、悠は思わず声を上げてしまってから赤面した。

「声、抑えるな。もっと可愛い声聞かせろ」

「は、恥ずかしいよ」

「くっそ……もう限界」

　呻くように呟き、洸熙が悠の手を取って己《おのれ》の下肢へ導く。

それまで、なるべく視界に入れないようにしていた洸熙の屹立《きつりつ》に触れさせられ、悠はびくりと反応した。

「すご……」

子供の頃はよく一緒に風呂に入ったりして見慣れていたものが、今ではずい分と成長してしまっている。

臨戦状態の彼の大きさと熱さに、悠はごくりと生唾を呑み込んだ。

一瞬怖《お》じ気付《け》くが、今さら引くわけにはいかないと自身を鼓舞《こぶ》する。

すると洸熙が上体を起こし、枕元の小物入れを開けてなにやらごそごそとやっている。

「それ、なに……？」

「オイル。痛いの嫌だろ？」

「……そんなの用意してたんだ」

そんなことにまで到底頭が回らなかった悠は、深い意味もなく呟いたのだが、非難されたと思ったのか洸熙が慌てて言い訳を始めた。

「べ、別に同居してすぐ用意してたわけじゃ……いや、してたか……」

と、自《みずか》ら墓穴《ぼけつ》を掘っている。

同居してすぐそういう関係に持ち込む気満々だったのを知っているので、悠はそれ以上突っ込みは入れないでおいでやった。

「ん……っ」

オイルをまとった洸熙の指が奥の蕾《つぼみ》に触れ、悠は無意識のうちに身体を固くしてしまう。

「大丈夫だから、力抜いて」

「……うん」

優しく抱き締められ、宥められると緊張が少し解れて力を抜くことができた。

悠を傷付けないように、洸熙の指先は慎重《しんちょう》に入ってきて、ゆっくりと時間をかけて馴《な》らしていく。

「どうだ……?」

「なんか……ヘンな感じ」

痛みはさほど感じないが、やはり違和感はある。

なんだか息苦しくなって、悠はふぅ、と息をついた。

「待ってろ、ちゃんと奥まで塗ってやるからな」

太腿《ふともも》に触れる彼の欲望は既にはちきれんばかりで、堪えるのも大儀《たいぎ》だろうに、なにより自分を慮《おもんぱか》ってくれる優しさに胸が熱くなった。

「洸ちゃん……」

だから、もう大丈夫の意味を込めて、恥ずかしかったが自ら足を開いて彼を誘う。

「悠……」

いよいよだ、と覚悟を決める。

「お互い初めてだと……緊張するな」

「痛くしないんでしょ？」

「……最大限の努力はする」

ぎこちなくても、下手でもいい。

ただ、この熱い想いが伝わりさえすれば。

「力抜いてろ」

「ん……」

言われれるままに必死に努力するが、なかなかうまくいかない。

そうこうするうちに圧倒的な力をもって、彼がじりじりと押し入ってきたので、悠はひゅうっと喉を鳴らした。

「ひ……あ……ぁぁ……っ！」

一拍置いて、悲鳴が口をついて出る。

その衝撃を、なんと表現したらいいのだろう？

まるで灼熱《しゃくねつ》の杭《くい》が、ぐいぐいと体内に入り込んでくるかのようだ。

「ごめんな、もうちょっとだけ我慢してくれ……あと少しだから」

息を弾ませ、洸熙が耳元に囁いてくる。

「ふ……ぇ……っ」

かつて経験したことのない感覚に、無意識のうちに嗚咽が口を衝《つ》いて出た。

「やめるか……？」

悠を苦しめるのがつらいのか、洸熙が身を引こうとするので。

「やだ！　やめちゃ、駄目……っ」

あまりの衝撃に半べそを掻きながらも、悠は強情にそう言い張った。

野獣のくせに自分に対してだけは甘々で、優し過ぎる想い人の首に両手を回してしがみつき、悠は必死に彼を迎え入れるために力を抜いた。

「悠……」

そのけなげさに打たれたのか、洸熙も再チャレンジに協力する。

「は……ぁ……っ」

甘い甘い、宥めるようなキスを繰り返しながら、洸熙が苦痛で萎《な》えかけた悠自身を右手で握り込み、優しく愛撫してくる。

その快感に、わずかに緊張が緩んだところをすかさず奥まで押し入ってきた。

「は……ぁ……」

洸熙が時間をかけて馴らしてくれたおかげで、出血もさほどの痛みもなく、なんとか目的は果たせたようで、ほっとする。

「すごい……悠の内、すごく熱いぞ」

「や……言わないで……っ」

恥ずかしさに頬を染め、悠は息も絶え絶えに喘ぐ。

すると、なぜか洸熙が拳で目元を擦《こす》り出した。

「……洸ちゃん？」

「……悪い、なんかすげぇ感動した」

瞳を潤ませるその姿に、悠までつられてもらい泣きしそうになる。

ここまでくるのに、彼がどれだけ待ってくれたのか、知った今だからこそ、その気持ちが痛いほどわかった。

「ゆっくりするから、な」

「ん……っ」

その言葉通り、洸熙がゆっくりと慎重に律動を開始する。

「ぁ……んっ」

奥までぐっと入ってこられると圧迫感が増すが、今、自分の内に洸熙がいる、その悦《よろこ》びの方が大きかった。

「ひ……ぁぁ……っ」

奥を擦られれば、声を抑えることもできない。

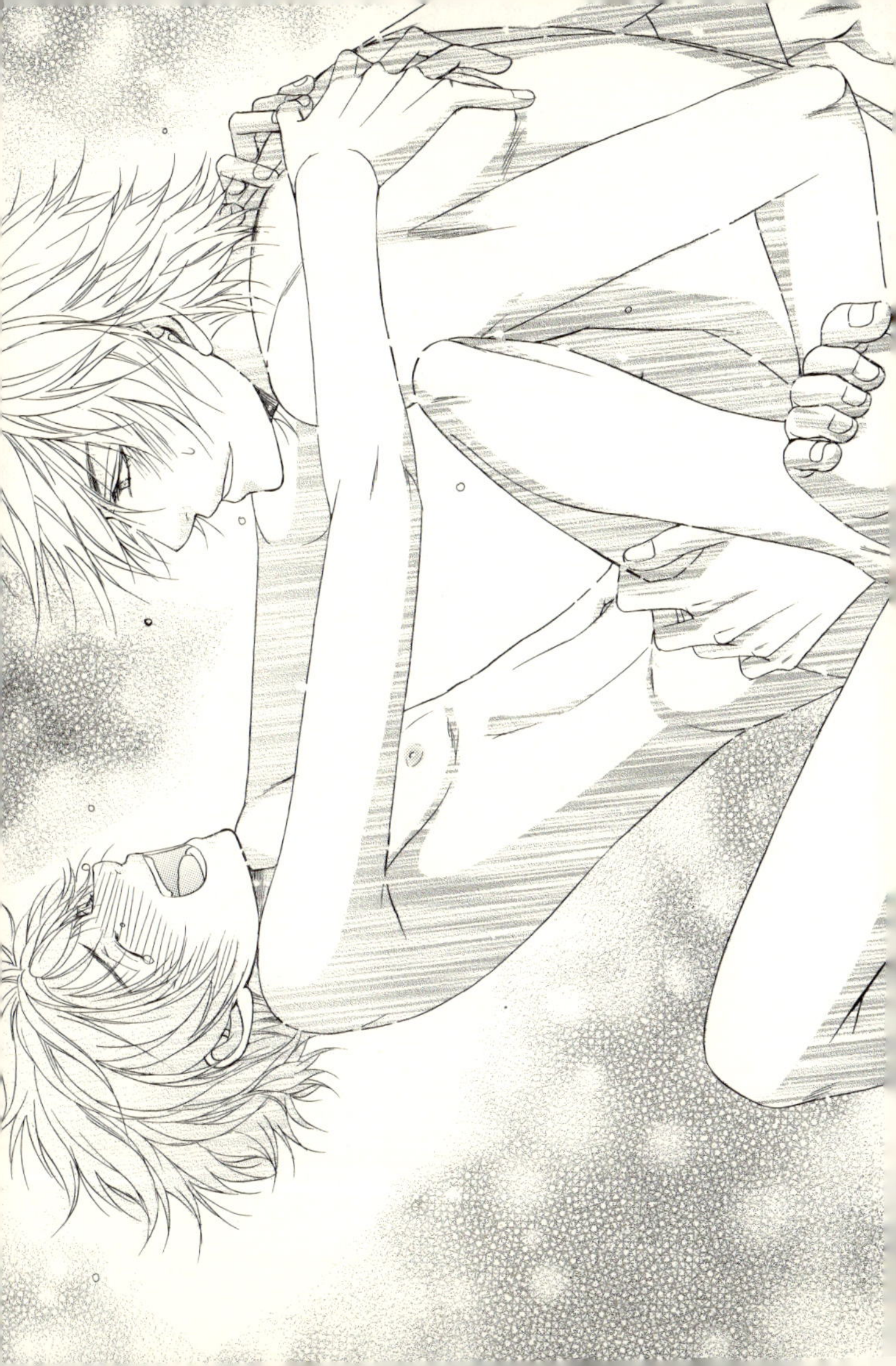

痛いような苦しいような、でも……気持ちいいような。

とても一言では表現しきれないような感覚に翻弄《ほんろう》され、悠は揺さぶられながら必死で彼の首にしがみつくことしかできない。

「洸ちゃん……洸ちゃ……っ」

「悠……っ」

もう、無我夢中だった。

がむしゃらに本能の赴くままに互いを求め合い、貪《むさぼ》り合う。

「俺もう、我慢の限界……っ」

「僕……も……っ」

目も眩《くら》むような絶頂は、瞬く間にやってきて。

「あ……あぁぁ……っ！」

華奢な頤を反《そ》らせ、悠は絶え入るような悲鳴を上げながら白い飛沫《ひまつ》を迸《ほとばし》らせていた。


慣れない行為が終わった後は、ただもうぐったりだったが、身体は疲れていても心はかつてないほど満たされていた。

「悠が俺の腕の中にいるなんて、なんだかまだ夢見てるみたいだ」

　コトが終わっても、洸熙は片時も悠を腕の中から離そうとしない。

「痛かったか？」

「なんとか許容範囲内」

　照れ隠しにわざと拗《す》ねたように答えると、洸熙がベッドの中でさらに抱き寄せてきた。

「どうだった？」

「……なんか、よくわかんないうちに終わってた」

「マジかよ。俺頑張ったんだけどな」

　洸熙は洸熙なりに、よくしてくれようと奮闘していたらしいので、その返事にがっかりしたようだ。

　ちょっとは気持ちよかったよと伝えたかったが、照れ臭いので「次はもう少し余裕ができるんじゃないかな」とだけ呟いた。

「次があるって期待していいんだ？」

　と、洸熙が途端にやに下がっているので、急に恥ずかしくなり、その逞《たくま》しい胸板に顔を埋める動作をもって答えとする。

　こういう時、恋人同士はいったいどんな会話をするのだろう？

　どうしていいかわからなくて黙っていると、洸熙が悠の頭を抱え、首筋に鼻先を擦り寄せてくる。

「全部俺のだ。悠……」

「……うん」

その独占欲も嬉しくて、下から手を伸ばし、寝乱れた彼の髪を梳《す》いてやる。

ライオンのたて髪のようなそれが、悠は大好きだった。

「もちろん、洸ちゃんも全部僕のだからね？」

「当たり前だ。俺の全ては悠を愛するためにある。一生大事にするからな」

と、かなり赤面もののセリフを真顔で吐かれ、言われたこちらが紅くなってしまう。

「もう一回するか？」

「今日は駄目。無理」

慣れない行為と緊張で、腰や身体中の筋肉が悲鳴を上げているのだ。

リトライなどとんでもないと即座に拒否すると、洸熙は残念そうだったが気を取り直したのか悠を抱えたまま満足げに目を閉じる。

「ま、いいや。今日は悠がいるから、久しぶりに熟睡できそうだ」

「……僕も」

家に洸熙が帰ってきた、それだけで安心できて。

長旅の疲れもあってか、悠も猛烈な睡魔に襲われた。

「おやすみ」

「……ん」

額に愛おしげなキスが降ってきたのを、夢うつつに感じながら、悠も目を閉じる。

その晩、二人は身を寄せ合い、互いの体温に包まれながら朝までぐっすりと幸福な眠りを貪ったのだった。

◇　◇　◇

「は〜疲れた。今日も一日よく働いたわねぇ」

「まったくだ。さぁ、我らの労をねぎらって、宴会といこうじゃないか」

まるで我が家に帰宅したかのごとく、そう言ってずかずかと上がり込んできた蜂谷と神崎は、持参してきたビールやらワインやらを玄関にどんと置いた。

「……おまえらな、宴会やりたいなら自分ちでやれ！　なんで毎回うちに来るんだよ」

彼らと共に帰宅した洸熙が、憤懣《ふんまん》やる方ない様子で喚《わめ》く。

どうやら今日は、また撮影で三人一緒の現場だったようだ。

居心地がいいのかよくわからないが、あれ以来蜂谷と神崎はよく遊びに来るようになった。

『悠と二人っきりの時間を邪魔しやがって』などと毎回ぶつぶつ言いながらも、洸熙も結局彼らと一緒に食事したり酒を飲んだりしているので、口で言うほど嫌でもないらしい。

「お帰りなさい」

そんな彼らを、一足早くバイトから帰宅して夕飯を作っていた悠は笑顔で出迎えた。

途中電話をもらっていたので、急きょ人数が増えても楽な鍋にメニューを変更する。

「やぁ、悠。これおみやげ。松坂牛、A5ランクのグラム二千円の肉だよ♡」

と、持参してきた包みを渡しがてら、神崎が悠に接近しようとすると、すかさずそれを洸熙がブロックした。

目にも留《と》まらぬ速さで二人の間に割って入って肉を奪い、自分がそれを悠に手渡す。

「ありがとうございます、これですき焼きにしましょうね。あ、洸ちゃん、祐兄も来てるよ」

「え？　兄貴もかよ」

一同でぞろぞろとリビングに向かうと、キッチンでは先に到着していた祐貴が野菜を切っていた。

「やぁ。今日すき焼きだって聞いて、来ちゃった♡」

「まったくどいつもこいつも。うちは村の集会所じゃねぇんだぞ」

洸熙はぼやくが、蜂谷は即座に目を輝かせる。

「あらやだ、さすが洸くんのお兄さん！　超イケメンじゃないの」

「こんにちは、いつも弟がお世話になっております」

タオルで手を拭き、律儀に名刺交換を始める彼らを尻目に、悠は用意しておいた鍋の材料を次々とテーブルへ運ぶ。

ガス式コンロも設置し、準備が整ったところでまずは乾杯だ。

皆はビールだが、悠だけ未成年でコーラなのがちょっとつまらない。

「それじゃ、今日のところは無事恋人同士になった洸と悠を祝して、乾杯といきますか」

なぜか率先《そっせん》して乾杯の音頭を取った祐貴が、いきなりそんなことを言い出すので、悠は耳まで紅くなる。

「や、やめてください……恥ずかしいんで」

「あら、照れちゃって。可愛いわね～♡」

「なに⁉　マジでもうヤッちまったのか⁉　くっそ～～貴様許さん！」

と、神崎がいきなり立ち上がり、洸熙の胸倉を摑む。

「なんだと、やるか？　ああ？」

また一触即発状態になったが、すっかり慣れてしまった悠は笑顔で告げる。

「食事する前にケンカする人は、どうなるんだっけ？」

「……肉抜き……だよな」

「……ああ」

すっかり悠に仕切られてしまった彼らは、すごすごと席に着く。

そんなこんなでようやく鍋大会が始まり、肉食獣揃いとあって、一キロ以上あった高級肉はあっという間になくなった。

男五人ともなると、食べる量も半端ではなく、多めに用意した野菜や締めのうどんなども綺麗に平らげる。

空腹を満たした後は、飲みながらの談笑が続く。

祐貴と二人は初対面だったがたちまち意気投合し、大いに場は盛り上がった。

「ね、今日は王様ゲームでもしない？　私、今ちょうど面白いもの持ってるのよね」

と、蜂谷が意味ありげに、持参してきた大きな紙袋を見せびらかす。

「なんですか？　それ」

「撮影で使い終わったコスプレ衣装なんだけど、引き取り手いなかったから譲ってもらってきたの。王さまに指名された人は、この衣装着るっていうのはどう？」

「あ、それ面白そうだね、やろうやろう！」

と、神崎は大乗り気だ。

「ったく、しょうがねぇな。付き合ってやるか」

と、なぜか洸熙まであっさり同意したので、悠は一人では反対しづらくなる。

「そ、それどんな衣装なんですか？」

「あ～ら、それ言っちゃったら面白くないじゃない。お披露目《ひろめ》は着る人が指名されてからよ。大丈夫、確率は五分の一で、全員平等なんだから」

言われてみれば確かにその通りなので、一人だけ嫌とも言えず悠もやむなくゲームに参加する羽目になった。

まずは割り箸に番号を振り、全員でそれを引く。

「王様だ～れだ！」

初めは肩馴らしということで、最初に王様を引いた神崎が、三番が初体験を語れという命令をする。

たまたま三番を引いた蜂谷は、『やだわ、恥ずかしい！』と身をくねらせながらも延々と自らの初体験話（もちろん相手は男性）を続け、神崎と洸熙からもういいからとストップをかけられた。

それを期に『下ネタは禁止』となり、無難な『全員のコーヒーを淹れる』や『次の夕飯を奢《おご》る』などの命令が下され。

「さ～て、そろそろ本題に入りましょうか」

と、蜂谷がウキウキと紙袋を掲げる。

「いい？　次王様が指名した人が、これ着て皆の前で披露するのよ？」

「了解」

再び割り箸が引かれ、番号を確認すると、悠は二番だ。

「あ、俺王様」

王様を引いたのは、洸熙だった。

「それじゃ……二番の人にコスプレしてもらおうかな」

「ええっ⁉」

悠が思わず悲鳴を上げると、全員が彼に注目した。

「なんだ、二番って悠だったのか？」

と、洸熙。

「そんなぁ……」

「王様の命令じゃしょうがないわねぇ。ほら、着替えて着替えて！」

と、蜂谷には紙袋を押しつけられる。

「……わかりました」

約束は約束だから、しかたがない。

悄然と肩を落とした悠は、紙袋を持っていったんリビングを出て自室に向かった。

紙袋を開けて中身を取り出すと……。

「……なに、これ……」

思わず絶句する。

真っ白い、ふわふわのフェイクファーの頭巾《ずきん》に大きな長い耳。

同じ素材でできた胸当てに、ご丁寧にふわふわの尻尾までついているショートパンツ、それに肘まで装着する肘当てと膝下まである足当て。

全身身につけてみると、どうやらそれは人型ウサギになるコスプレ衣装のようだ。胸当てからショートパンツの間はなにもなく、肋骨《ろっこつ》から腰骨の際どい部分まで剝き出しだ。

「は、蜂谷さん、なんて衣装持ってくるんですかっ⁉　第一これ、女性用でしょ⁉」

こんな恰好見せられません、と半泣きで訴えるが。

「あらぁ、約束は約束よ。それ、全員それ着る覚悟でやってたんだから、悠くんもちゃんと命令には従わないとね♡」

そう朗《ほが》らかに返され、ぐうの音《ね》も出ない。

しかしこのサイズでは、少なくとも神崎と洸熙には到底着られなかったはずだが、とぶつぶつ言いながらも、とりあえずおっかなびっくり袖を通してみる。

悲しいかな、サイズはぴったりですべてのパーツを装着し終えて最後に耳付きフードを被《かぶ》った。

「……で、できました」

一応は着替えたものの、なかなかリビングに入る勇気が出せず、悠は廊下をうろうろと徘徊《はいかい》する。

すると、待ち切れなかったのか中からドアが開き、洸熙が顔を覗かせた。

そして、無言で上から下までじっくり観察した後、ほぅ、とため息を漏らす。

「なんて可愛いんだ。こんな可愛いウサギちゃん、見たことないぜ」

「……そういう感想、聞きたくない」

照れ隠しで憤然と彼を押しのけ、悠は意を決してリビングへと戻った。

「わぁ……怖ろしいほど似合うわねぇ」

と、蜂谷が感嘆のため息をつき。

「ほんとだ。まるで悠のために誂《あつら》えたみたいな衣装だね」

祐貴が呑気《のんき》な感想を漏らす。

「俺、もう死んでもいいかも」

ごくりと生唾を呑む神崎の視線に居たたまれず、悠は身を縮ませた。

「も、もう脱いできていいですか？」

「駄目駄目、さ、王様ゲームの続きやるわよ」

「ええっ⁉　このままですか？」

勘弁してください、と悠は洸熙の身体を盾にして皆の視線を避けようとする。

「待った！　もっとよく見せてくれよ。網膜に焼きつけとくから」

悪ノリして身を乗り出す神崎を、洸熙が背中に悠を庇ってぐいっと押し返す。

「おまえは駄目だ。あっち向いてろ」

「なんだそれ、減るもんじゃなし」

「いいや、おまえが見ると減る」

と、また神崎と洸熙が揉め始めるので、悠はうんざりしながら止めに入った。

「ちょっと二人とも、こんなことでケンカしないでってば」

「そうよ。洸くんも少しくらい見せてあげればいいじゃないの」

「そうだそうだ！　第一約束が違うぞ。悠のコスプレ姿見せてくれるっていうから協力したのに」

「協力？」

「…………あ……」

うっかり自分が失言していたことに気付いたのか、神崎が慌てて口を押さえる。

が、悠はそれを聞き逃さなかった。

「約束と協力って、いったいなんの話なんですか？」

「いや、それはその……えっと……洸くんタッチ」

と、返事に困った神崎が、洸熙の陰に隠れる。

「は、悠……これには深い訳があってだな……」

「どんな訳？」

悠に詰め寄られ、洸熙は渋々白状した。

「実は雑誌の撮影でモデルの子がこれ着てるの見かけて……悠が着たらどんなに似合うだろうと思ったら我慢できなくて。蜂谷さんに買い取り頼んだんだ。ははは」

と、開き直ったのか笑ってごまかそうとしている。

「その現場を運悪く神崎に見つかっちまってさ。自分も参加させないと悠にバラすって脅すもんだから、しょうがなくゲームに入れてやったんだよ。まったく、どこまでも図々しい奴だぜ」

「ウサギさんの悠を見られるのに、俺が参加しないわけないだろうが」

と、神崎もおかしなところで胸を張っている。

王様ゲームも、祐貴以外の残り三人がグルになれば、お互いに番号を教え合い、悠を指名することは簡単だ。

つまり初めから、このコスプレ衣装は悠が着るように仕組まれていたのだ。

「……洸ちゃ〜ん……」

地の底を這うような不穏な声音に、洸熙は必死に宥めにくる。

すったもんだの末、王様ゲームは強制終了となった。

罰ゲームで神崎が全員分のコーヒーを渋々淹れていると、それを楽しげに眺めていた祐貴がぽつりと呟く。

「神崎くんか……彼、なかなかいいよね」

と、彼はなぜか意味深な含み笑いを漏らした。

するとそれを見た洸煕は、ピンときたようだ。

「兄貴」

「ん?」

「食ってよし!」

と、ひそかに神崎を指差し、小声で告げる。

すると、祐貴はにっこりと破顔《はがん》した。

「そう? じゃ、遠慮なく」

「……え?」

なんの話かさっぱりわからない悠が困惑しているうちに、祐貴は優雅に立ち上がり、なぜか両手を合わせて『いただきます』の所作をしてみせてから神崎の肩を叩いた。

「ねぇ、神崎くん。お近付きの印にこれから二人で飲みに行かない? いい店知ってるんだ。お勧めのヴィンテージワインをご馳走するよ」

「お、いいですね。お兄さんは誰かと違って話が通じそうだ」

と、この先、己に待ち受けている運命も知らず、洸煕にそう聞えよがしに言って、神崎も二つ返事で同意する。

「悠は洸煕に食われちまうし、いいことないから飲んで忘れたいんすよ」

「そう。いやなことは皆忘れさせてあげるよ」

「え？」

「いや、なんでもない」

そんなやりとりを脇で聞きながら、悠は『本当に祐兄は神崎さんをおいしくいただいちゃうのかなぁ』と内心はらはらしていた。

だが二人とも大人なので、自分が口を出す筋合いでもないからなにも言えない。

そうしてコーヒーもそこそこに、二人は夜の街へと繰り出していった。

「お兄さま、かなりのツワモノと見たわね」

その道には勘が働くのか、蜂谷が鋭い読みを見せる。

「神崎の奴、まだ野郎に食われたことはなさそうだよな。明日は生まれ変わった受け神崎が見られるぜ」

「また、そんなこと言って」

兄をけしかけ、完全に面白がっている洸熙を窘める。

が、なにを言っても所詮ウサギコスプレなので、説得力ないことこの上ない。

洸熙のたっての頼みで、依然ウサギさんのままの悠なのである。

「あ～あ、結局私だけあぶれちゃうのよね。やってらんないから私も帰るわ」

「は、蜂谷さん……」

彼の気分を害してしまったと、ウサギの姿でおろおろする悠に、蜂谷が笑いを噛み殺しながら耳打ちする。

「冗談よ。洸くん、本当にあなたのことが好きなんだから、たまにはお願い聞いてあげなさいな。その衣装、洸くんの買い取りだから汚しても平気だから。じゃあね」

意味深なウィンクを一つ残し、蜂谷も帰っていった。

後に残されたのは、ウサギ姿の悠とライオンの本能を必死で抑えている洸熙だけだ。

この状況では、頭から一呑みでパクリだと、悠は全身で緊張する。

「こ、洸ちゃん……」

「悠……マジで食っちまいたいくらい可愛い。どうしよう、すっげ興奮する。やっぱあれかな、野生の血が騒ぐのかな？」

「……バカ」

本能全開でまったく悪びれる様子のない洸熙に、悠も苦笑するしかない。

「さて、俺の可愛い悠を、どこからいただこうかな」

楽しげに言いながら、洸熙は「まずは味見だ」とうそぶきながら悠を抱き寄せ、ゆっくり唇を重ねてきた。

「ん……っ」

キスにはもう、大分慣れてきて。

悠は小さく喘ぐように息継ぎをしながら、その長い長い味見に応える。

「も……これ脱いでいい？」

「ああ、もちろん。俺が脱がせてやる」

「……それは却下」

キッチンの後片付けが残っているんだからね、と主張する。

「まだ怒ってるのか？」

「……怒ってないよ」

しゅんとした顔をされれば、かわいそうですぐ許してしまいたくなるが、一応釘だけはきっちり刺しておく。

「その代わり、コスプレするのはもうこれっきりだからね？」

「う～ん……約束はできないなぁ」

「もうっ！」

重ねて抗議するより先に、軽々と洸熙に抱き上げられてしまう。

「後片付けは朝俺がやるから……な？」

いいだろ？　と真剣な彼の瞳が訴えている。

最終的にはいつも彼の思い通りになっている気がするが、それもいいかなという気分になってくる。

なんだかんだ言いつつも、悠は洸熙には甘いのだ。

故郷での一件で過去の記憶を取り戻し、本来の関係に戻ると、すべてがしっくりくるような気がする。

そうだ、大切なことを忘れてしまっていた分だけ、罪滅ぼしをしなければ。

そんな言い訳を盾に、この流れに身を任せてしまってもいいかなと考える。

「それじゃ……」

優しく食べてね、と悠は小さな声で、彼の愛しいケダモノな恋人の耳元に囁いたのだった。

あとがき

こんにちは、真船です。

今作は女装を通り越し、アニマルコスプレとなりました（笑）。

前から一度やってみたかったので、本望です。

ライオン×ウサギだと、ウサ君は百獣の王に捕食されるだけなイメージですが、ライオンがウサ君に骨抜きのメロメロだったら力関係が逆転して楽しいですよね♡

萌え萌えで楽しく書かせていただきました！

後日談として、神崎は無事祐貴においしくいただかれたことだけここに付け加えさせていただきます（笑）。

そして今回も素敵なイラストを描いてくださった、こうじま奈月さま。

こうじまさんの受け君がウサギコスプレをしたらどんなに可愛いだろうと妄想するだけでウキウキして、このお話が完成しました（笑）。

ワイルド洸のイケメンっぷりも、惚れ惚れするほどで♡
お忙しいところを、本当にありがとうございました！

というわけで、次もまた読んでいただけたら嬉しいです。

商業情報は以下のブログで発信してます。

新刊発売の前には情報アップしているはずなので、よかったらときどき覗いてみてやってください♡

Happy Sweets
http://runoan.jugem.jp

真船るのあ

Hanamaru Bunko

作家・イラストレーターの先生方へのファンレター・感想・ご意見などは
〒101-0063 東京都千代田区神田淡路町2-2-2
白泉社花丸編集部気付でお送り下さい。
編集部へのご意見・ご希望などもお待ちしております。
白泉社のホームページはhttp://www.hakusensha.co.jpです。

白泉社花丸文庫
暴走ライオンと愛されウサギ

2013年5月25日 初版発行

著　者　真船るのあ ©Runoa Mafune 2013
発行人　藤平 光
発行所　株式会社白泉社
〒101-0063 東京都千代田区神田淡路町2-2-2
電話 03(3526)8070(編集)
03(3526)8010(販売)
03(3526)8020(制作)
印刷・製本　株式会社廣済堂
Printed in Japan HAKUSENSHA　ISBN978-4-592-87708-0
定価はカバーに表示してあります。

好評発売中　花丸文庫

★友達の「好き」と恋人の「好き」の違いは?

親友は熱愛のはじまり

真船るのあ　イラスト＝こうじま奈月　●文庫判

親友・悠弥から卒業間際に告白され、悩む光希。一度は別れの道を選ぶが、彼の事故をきっかけに、自分の気持ちがわからなくなる。諦めたことを後悔する悠弥は、大学生活を送る東京での同居を画策し…!?

★3カ月で立派な紳士に調教いたしましょう!

傲慢執事は華にかしずく

真船るのあ　イラスト＝こうじま奈月　●文庫判

苦学生の迅人の前に突然現れた佐伯という男。迅人が幼い頃生き別れた父親の命令で、一流の教育を施しに来たと告げる。そのまま山奥の別荘にさらわれた迅人は、佐伯の大人の色香に翻弄されて…!?